Dello stesso autore nel catalogo Einaudi

Dove finisce Roma

Paola Soriga

La stagione che verrà

Einaudi

Questo libro è un'opera di narrativa, i fatti rappresentati sono frutto dell'immaginazione dell'autrice. Qualsiasi analogia con persone realmente esistenti, con nomi, eventi o ambienti reali, è da considerarsi puramente casuale.

www.einaudi.it

ISBN 978-88-06-21870-6

La stagione che verrà

Come vivere? – mi ha scritto qualcuno,
a cui io intendevo fare
la stessa domanda.

Da capo e allo stesso modo di sempre,
come si è visto sopra,
non ci sono domande piú pressanti
delle domande ingenue.

WISŁAWA SZYMBORSKA, *Scorcio di secolo*.

1.

Io sono tutte le persone che ho conosciuto. Sono tutte le storie che ho ascoltato, le case e le città che ho abitato. Come Alghero, di luce e bastioni, che guardo dall'alto mentre sono in balcone a fumare, il rumore costante del mare. Come mia madre: affacciata al balcone anche lei, venti o trenta anni fa, la nuca scoperta e abbronzata e un filo di corallo attorno al collo. Mia madre, ricorda Dora, che fumava guardando la strada, mia madre capace di ire feroci e di sorrisi d'incanto che mi scioglievano ogni grumo di tristezza o paura. Mia madre un pomeriggio di giugno, quando mi aveva promesso che mi avrebbe portata a fare i buchi nelle orecchie prima del saggio di danza, anche se mio padre era contrario, e io avevo iniziato a saltare e ballare, lei a ridere e dire «smettila che crolla il balcone».

Lavorava sulla spiaggia da maggio fino a ottobre e le rimaneva l'abbronzatura anche d'inverno, la sua schiena scura manteneva tutto l'anno il segno delle canottiere che usava sotto il sole. La madre e il padre di Dora, quando lei era piccola, affittavano gli ombrelloni e le sdraio ai turisti di passaggio e agli algheresi come loro, però piú ricchi, che li tenevano l'estate intera. Dai giorni ancora freddi di marzo ogni momento dopo la scuola, dopo i compiti e qualche cartone animato, era buono per prendere la bici e arrivare sulla spiaggia: lí i giochi le corse i tiri a pallavolo, i bagni nell'acqua gelata, la paglia marina. Avevano meno di trent'anni, e mi sembravano bellissimi. Facevano amicizia con i turisti tedeschi e con quelli inglesi, che arrivavano con la pelle quasi trasparente e in poche ore diventavano del colore dei gamberi che qualche volta, la domenica, cucinava mio padre, avevano sandali, zaini e bambini che facevano il bagno anche dopo mangiato.

Io mi innamoravo di tutti. Avevo l'età per l'amore che era amore e basta, fascinazione e meraviglia. Senza lo scompiglio dei corpi. Avevo sei, sette, otto anni e dodici fidanzati. Il bambino francese e quello svizzero figlio di emigrati, quello dello stabilimento accanto e il figlio di quelli del bar, alcuni amici di mio padre, Marcello, Giuliano, Andrea, Eros Ramazzotti, «e tu quanti fidanzati hai?» Claudia, la mia compagna di banco, mi aveva guardata allontanandosi di istinto, rispondendo «uno, uno solo bisogna averne». Io pensavo che vabbe' magari dopo, in un'ipotesi remota di un futuro in cui si sarà grandi, come i grandi si sarà sposati, ma non adesso, in questi anni di amori tutti sogni, ma non glielo dicevo. Alle otto passava Adriano, dallo stabilimento accanto, la borsa a tracolla, ci salutava tutti, «adéu Bruno, adéu Clara, adéu flor mia», e il suo fiore ero io. La spiaggia rimaneva vuota e senza i colori delle sdraio, il mare alla sera si calmava sempre, allora respirava.

Tornavamo a casa, le biciclette rumorose, quando incominciava a tramontare il sole e Capo Caccia prendeva i colori del cielo, e mio padre mi diceva: «Mira Isidora, pareix un home que dorm», me l'avrà detto mille volte, come una scusa per potersi fermare a guardarlo.

Dal balcone Dora vede le finestre di fronte, che non sa piú chi ci abita, al primo piano la testa di una donna bionda che guarda il soffitto mentre il parrucchiere le lava i capelli. Sono tutti nuovi i negozi di quella strada, tranne il vecchio bar del signor Antoni, che invece non è mai cambiato. A destra, in fondo, un triangolo di mare e alberi di navi. L'aria del primo giorno di settembre è fredda e ventosa, odora di salsedine e asfalto bagnato, alghe e teli da mare stesi ad asciugare. Alghero tinta di grigio e come vuota si sveglia silenziosa e lenta, balena che si arena. Dora si è svegliata agitata per lo sbattere di tutte le persiane, ha preparato il caffè e mentre lo aspettava si guardava intorno: i mobili chiari e le pareti già macchiate di umido, dopo che la madre, pochi anni prima, aveva passato le ferie a buttare, ricomprare, regalare e farsi regalare mobili e quadri, specchi e lampadari; cosí adesso era rimasto poco delle cose che avevano riempito la casa quando lei era bambina e dopo ragazzina, tutte quelle cose che erano state la sua vita prima che lasciassero l'isola, prima che si trasferissero in Spagna, in una cittadina della costa catalana chiamata Calella, quando aveva quindici anni.

Esce in balcone a fumare, poi inizia a piegare i vestiti, metterli in valigia, raccogliere i libri i fogli i giornali. Pensa intanto al suo umore né triste né allegro, uno stato di quiete che si innesca quando sta per andare a vivere in una città che non conosce, un istinto di sopravvivenza cresciuto negli anni, corazza che la salva dalla paura della solitudine, che certamente sarà molta e andrà goduta e non spregiata.

Cagliari è vicina ma Dora la conosce molto poco, ha già un lavoro e un posto dove stare ma amici nessuno, conoscenti pochi. Poi in qualche modo Cagliari vuol dire tornare, per rassicurarsi Dora si ripete che non deve essere per sempre. Si mette un maglione sottile e le scarpe, non le usava da mesi, fino alla notte prima era l'estate lunga e calda di piedi nudi nei sandali.

La notte prima è andata a cena da sua nonna e hanno parlato del lavoro, dell'orto e dell'amore, mentre lei guardava quella casa grande, dove invece niente veniva cambiato o buttato da quando si ricorda, dove sempre a ottobre si mangiano le melagrane e a novembre i dolci dei morti. Al ritorno la strada era silenziosa e sola, sotto la luce dell'ultima luna piena dell'estate. Ha fatto un giro lungo e dopo un altro, ha preso la strada per l'Argentiera ed è ritornata indietro.

Guidavo piano e mi sembrava che sulle strade provinciali sarde, di notte, d'estate, c'ero solo io. Io e la luna piena e il cielo, le campagne infinite deserte silenziose, il profumo dei pini e dei ginepri. Per le strade provinciali sarde, di notte, d'estate, monti e altipiani, discese verso il mare. Lepri e ricci, barbagianni e rane. Lontani, i cervi e i cinghiali, i pesci e i gabbiani.

Tutte le volte che ho desiderato percorrerle con te, mostrarti ogni albero, ogni riflesso di luce. Guardarti di profilo, in macchina, i finestrini aperti, mentre parliamo dei nostri genitori, dei nostri segni zodiacali, delle estati delle nostre infanzie. Ascoltarti parlare a voce bassa, che è come se cantassi.

Ho sorriso, allontanando il pensiero di te, mentre passavo davanti a una villetta isolata, illuminata, e ne immaginavo la vita dentro, e allora ero Javier una notte quando mi diceva com'è bello e importante saper sorridere solo perché questa luz de luna mi viene in faccia, solo per questo.

Con Javier Dora aveva vissuto per qualche mese, in un appartamento del Barrio Gótico, a Barcellona, mentre lei studiava per il suo master in Traducción y mediación intercultural e lui costruiva collane con i semi di açaí e di huayruro da vendere ai concerti o sulla spiaggia. Le aveva insegnato le parole che si usano in Latinoamerica, a essere orgogliosi di quello che si sa fare, a preparare il guacamole. Lei gli aveva insegnato ad arrotolare gli spaghetti attorno alla forchetta, gli aveva procurato del corallo a poco prezzo per i suoi gioielli, si metteva nuda a testa in giú per farlo ridere.

Dora chiude la portafinestra, fa due volte le scale per portare giú le valigie. Fa una foto alla casa vuota e quasi buia prima di chiuderla. Carica la macchina che ha fatto lavare, intralcia il traffico e fa strillare una vigilessa, mette in moto pensando che inizia settembre e lei non ha da ripartire, può rimanere sull'isola a guardare i turisti scomparire dalle strade, dalle spiagge e dai bar coi tavolini.

Come nelle estati dell'infanzia, sconfinate e certe come il mare intorno. Si ricorda di quando settembre era la fine, le partenze, i vuoti in cui inciampava; quando era l'inizio di qualcosa che era uguale all'anno prima. Pensa che questo settembre invece è anche un cabudanni, come si dice in sardo, l'inizio di un anno che è sconosciuto e familiare assieme, dolce, appena spaventoso.

2.

Inizia settembre, nella pianura infinita, e odora già di foglie bagnate e vino, sagre e ricci di castagne da aprire. Pavia piena di pioggia si sveglia con il muoversi del fiume e delle saracinesche, con cigolii di ferro e i buongiorno dei baristi.

Agata è sveglia da prima che i rumori di fuori arrivino a dirle che la notte è passata, ma si alza e apre le persiane solo quando è sicura che sia arrivata anche la luce. Prepara un tè, morsica un biscotto e si rallegra per il freddo leggero che la riempie di voglia di fare. Si accarezza la pancia e pensa che davvero ce la posso fare, davvero andrà tutto bene. Pensa a sua madre, si sorprende sempre piú spesso a raccontarle le cose nella testa, a parlarle del lavoro e delle gambe che le fanno male, dell'estate che è finita e di Dora, che l'ha salvata con questa idea di andare a vivere con lei per un po'. Qualche volta si chiede allora perché non la chiama, sua madre, perché quando la chiama sa dirle soltanto che va tutto bene, che sí, sta mangiando abbastanza e che la casa di Pavia non la lascerà, ci va a stare una studentessa amica di amici finché lei non c'è.

Tutta la notte si è rigirata sotto la coperta sottile che ha messo già da qualche giorno, i pensieri non trovavano quiete e si è addormentata solo per qualche ora, sognando muri alti e corridoi stretti. La decisione di far nascere la bambina a Cagliari è l'unica certezza di questi mesi instabili, eppure la tormenta di paure e rimpianti, poi la rasserena con promesse di giornate chiare e lievi.

Ci pensa mentre fa colazione, ha un brivido di freddo, si sfrega l'uno contro l'altro i piedi gonfi.

Sull'autobus, mentre va al lavoro, non sa immaginarsi lontana da queste strade piatte, le biciclette e i marciapiedi. Eppure è stanca, di queste facce intorno, di questa parlata distante. Non sa ancora decidere se sta andando via per qualche mese, fino a che nasce la bambina, o magari per sempre. Non vuole decidere, adesso. Neppure riesce a decidere il nome da darle. Ha sempre pensato di essere fortunata: Agata, il suo nome, le è sempre piaciuto. Le fa venire in mente la pietra piatta, composta di cerchi concentrici di diverse tonalità di rosso che le aveva regalato il padre, assieme a un libro sui minerali che ha sfogliato per anni in soggiorno, la sera, mentre la madre preparava la cena, fra il chiasso dei suoi fratelli, prima che lui tornasse dal lavoro e la abbracciasse con le braccia stanche. Da qualche parte poi ha letto che i nomi che iniziano e finiscono con *a* sono nomi dell'anima e anche se non capisce bene che cosa voglia dire le sembra una cosa bella. Il nome di sua madre, Benedetta, non è mai piaciuto a nessuna delle due, in piú la chiamano tutti Bettina, che le piace ancora meno, non può darlo questo nome, alla bambina che le cresce nella pancia, anche perché le augura una vita piú allegra, piú serena. Quando in ospedale le avevano detto che stava aspettando una femmina era stata contenta, specie sapendo che sarebbero state loro due da sole, a proteggersi e volersi bene.

A Pavia la pioggia gocciola dai cornicioni lentamente e senza fermarsi fino a sera, fino a quando Agata, dopo il lavoro, entra nella latteria di corso Garibaldi, riposa la schiena, ordina una cioccolata calda. Legge un libro sull'istinto materno di una femminista americana che le ha regalato Dora e si ricorda un sogno, era quasi al quinto mese, come se la pancia fosse stata trasparente e la bambina dentro un cono di luce, unite le mani sulla superficie. Si ricorda un sogno come sul display di uno smartphone e dentro c'era questa figlia che nascerà fra poco, e non è un sogno. A occhi aperti l'ha sognata da quando era piccola, sua figlia, sogno di madre, di piedini da infilare nelle scarpe, alberi e fiori da disegnare assieme. A quest'ora il pensiero di tornare a casa, da sola, da sola cenare, le mette tristezza, sa di aver passato pochissimo tempo in solitudine, in questo silenzio. È nata in mezzo a un sacco di gente: fratelli, zie e zii, cugini e cugine, vicini, le porte sempre aperte. Era stata sola il primo anno di università, a Pavia, in collegio, nei fine settimana, quando le altre ragazze se ne andavano, ronzavano con i loro trolley per i corridoi che rimanevano vuoti e vani, vivi solo per lei e poche altre che come lei arrivavano da lontano e chiudevano a chiave le loro camere solo a Natale, d'estate, qualche volta a Pasqua. Per sfuggire a quel silenzio spesso usciva con la bici, andava in centro a camminare, o al fiume quando era bello il tempo, e le mancava tutto. La vita di prima, che era rimasta come sospesa, con i suoi visi noti e le parole che non avevano bisogno di essere spiegate. Sua cugina Maria Chiara. Il viso e le parole di Daniele, per tutti i primi mesi. Si erano fidanzati quando avevano sedici anni, lui entrava a casa e tutto, ma quell'anno erano stati lontani, lontani non vuol dire separati, Dani, se ci amiamo non cambia niente, abbiamo tutto il tempo a cui andare incontro. Si mandavano messaggi di continuo, i primi mesi, telefonate lunghe e squilli a vuoto, quando ti penso ti faccio uno squillino, ti penso molto, ti penso sempre. Non poteva neanche ospitarlo in collegio, Agata, e comunque Daniele non aveva i soldi per andarci, fino a Natale potevano aspettare.

A sua madre non piaceva, Daniele, che lo avevano già bocciato un anno, e faceva perdere tempo a lei che doveva studiare, suo padre non diceva niente ed era gentile. A casa non restavano mai soli, mai a dormire fuori e indietro prima dell'una. Ma trovavano comunque il modo, il pomeriggio dopo la scuola, di scoprire quello che c'era da scoprire. In motorino uscivano dal paese verso le campagne, dove i genitori di Daniele avevano l'orto, e nell'orto una casetta usata per gli attrezzi, ma un po' sistemata, c'era anche la cucina, bisognava solo essere sicuri che suo padre fosse lontano, che non ci fosse la sua macchina né quella del fratello. La casetta, sa domixedda 'e s'ottu, era stata a lungo per Agata un universo intero, una cuccia fatta solo per amare e essere amata. Le uniche a cui lo raccontava erano Maria Chiara e Laura, la sua compagna di banco.

Quando aveva fatto il test di ingresso per entrare a Medicina a Pavia, e quello per il collegio, non ci pensava che la lontananza li avrebbe potuti davvero separare. Ed era lontananza fisica e non solo, lei dentro una vita tutta nuova, come nuovi i piedi, le compagne di collegio le biblioteche le lezioni le biciclette i compagni di università; lui con gli scarponi di sempre ma senza piú la fatica e la noia della scuola, da un lavoretto all'altro. La notte, al telefono, Agata si sentiva straziata, sentiva che Daniele sempre meno la capiva e la faceva piangere e dolere.

Si erano lasciati a Pasquetta, quel suo primo anno di università, seduti sull'asciugamano in spiaggia a Nora, una giornata azzurra con il vento che frustava. Agata aveva provato dolore e rimorso e paura per il suo amore finito, per tutto il vissuto assieme e quello che non avrebbero vissuto assieme piú, aveva provato dolore fino all'estate, fino al pomeriggio, in gelateria, in cui Maria Chiara le aveva detto: «Erano mesi che usciva con Cristina, quella che era in quinta C, lo sapevamo tutti, non sapevo se dovevo dirtelo».

Già da quella primavera, a Pavia, la solitudine totale del venerdí pomeriggio si era fatta piú rara: aveva avuto amici e amiche che il fine settimana non se ne andavano, alcuni perché erano di Pavia e altri perché, come lei, avevano spostato di lato le vite di prima e ora vivevano questa, intensa e pienamente. Oppure la portavano con loro nelle loro città, nelle loro case, con uscite di sabato sera nei locali, i concerti dei gruppi emergenti, i pranzi domenicali con le famiglie. A Bergamo o Brescia o Cremona. Qualche volta andavano a Milano.

Un sabato notte di febbraio del secondo anno, freddo e umido che non ci poteva credere, in un locale sui Navigli, Agata aveva conosciuto Alessandro, che poi era stato il suo fidanzato per tre anni. Alessandro ora abita proprio accanto alla latteria, Agata ci pensa mentre passa lí davanti, l'ombrello chiuso, dopo la pioggia.

3.

Su Alghero la luce è d'argento, le nuvole ti vien da rincorrerle. Al primo semaforo rosso Dora accende l'iPod, bossanova e samba per questa partenza. Quando arriva sulla strada statale 131, che attraversa la Sardegna da nord a sud, da Sassari a Cagliari, terra bruna e alberi bassi, pensa che ogni volta che la percorre non può evitare di commuoversi, tiemblo y me estremezco, vibro e tremo.

Sulla 131, questo primo di settembre, il cielo ha nuvole grosse e luci diverse, a ovest è chiaro e luminoso ed è un cielo d'estate poco prima dell'imbrunire, a est bianco di pioggia d'autunno. Prova tristezza per l'estate che finisce, mentre inizia a piovere forte, cosí forte che vede appena, rallenta, va piano piano, la strada è piena d'acqua e allora si ricorda di Laura che guidava la sua Panda verde una sera di settembre come questa, quando tornavano dalla Valtellina, lei, Dora, il Gio e Stella, il cane, e aveva preso a grandinare e Laura era stata bravissima a riportarli salvi giú nella pianura.

Quando esce dal temporale Dora ha davanti di nuovo luce azzurra e il sole che ancora non è sceso, canta assieme a Elis Regina e pensa a queste piogge che chiudono l'estate, a una promessa di vita racchiusa dentro il cuore e all'arcobaleno che vede comparire in fondo alla strada. Pensa alle parole che conosce per chiamarlo: arcoíris sia in spagnolo che in portoghese, arc de Sant Martí in catalano, chissà perché, cerchiola in campidanese, cerchiola a mengianu crasi tempu malu, arcobaleno di sera bel tempo si spera.

Dopo altri chilometri e altre campagne passa davanti all'uscita che prendeva con suo babbo, sua mamma e i nonni per andare al paese e lo immagina a cena o a prendere il fresco per strada, il paese intero.

Arriva a Cagliari che è buio, sbaglia ingresso e non sa piú dov'è, si ferma tre volte a chiedere prima di riuscire ad arrivare nel largo, riconoscere la statua di Carlo Felice che dà le spalle al mare, entrare in Marina, trovare un parcheggio in salita, chiamare Lisa, che le affitta il suo appartamento per un anno. Lisa ha vinto un post dottorato di Letteratura italiana a San Francisco, è felice e tristissima, di partire fra due giorni. Ha preparato da mangiare e Dora si sente già a casa, anche dopo, quando Lisa se n'è andata a dormire dal fidanzato, che non vedrà per chissà quanto, e lei ha spalancato le portefinestre sul balconcino e, ascoltando i rumori di fuori, si è messa a guardare l'appartamento, che è grande e pieno di libri, forse un po' buio, bisogna vedere di giorno. Si porta due libri a letto ma non li apre nemmeno, si addormenta sdraiata su un fianco, sul letto sopra il soppalco, non la disturba neanche la musica techno che arriva dal locale di sotto.

Quando si sveglia la casa è piena di luce e non si domanda, come capita a volte, dove sono, lo sa da subito e sa che ha tutta la giornata per sistemarsi. Lisa ha lasciato il frigo pieno, ma il latte è scaduto e per fare il caffè c'è solo una macchinetta americana, di quelle brocche di vetro con il filtro di carta. Mentre scalda l'acqua si accorge che la cucina è sporca, inizia a guardare bene e tutto le sembra sporchissimo, incrostato, polveroso, appiccicoso. Passa la giornata a pulire e sgrassare, a chiedersi com'è possibile che una donna viva in mezzo a uno sporco simile, e se fosse un uomo sarebbe uguale, comunque è uno schifo. Esce solo a buttare le buste che ha riempito di cibo andato a male e bottiglie vuote di bagnoschiuma e detersivi, il vento la spinge veloce dentro e si guarda intorno soddisfatta.

Pensa a quando, fra un mese, in una delle stanze ci sarà Agata, nell'altra metteranno la culla per la bambina, e sarà bello vivere assieme.

Agata, non riesce a ricordarsi quando si sono conosciute, lei dice una sera di maggio e gelsomini in fiore, a bere bianco sporco da Mario, con Elia, Alberto e la Giulia, che poi è arrivato il diluvio e ci siamo rifugiati sotto i portici, con uno scompiglio e un'agitazione di primavera che ci avevano fatto ridere moltissimo, ma io sono sicura che quella sera ci conoscevamo già. Di lei mi aveva colpita il sorriso che era limpido e grande, come tutta lei: alta e morbida, i capelli corti, le braccia forti e due macchie di sudore sulla maglietta stretta sotto le ascelle, gli anelli che si rigirava di continuo tra le dita. L'ultima volta che ci siamo viste, a luglio, la pancia di Agata era già un'anguria tesa e tonda, sotto le magliette leggere, e il seno grande come non è stato mai. L'idea di Agata che diventa mamma mi trasmette un senso di ordine e giustezza. Del tempo che passa e passa bene. Agata un figlio l'ha sempre voluto. Io no, non l'ho mai saputo per davvero.

Quizás contigo. Forse con te, amb tu, cun tui, com você, lo farei. Con te che non ho e non avrò mai, con te che figli adesso proprio non ne vuoi, con te che sei troppo giovane. Forse con te un figlio lo farei, penso quando mi ricordo delle parole della Madonna una notte che ho sognato che le chiedevo «Madonnina Madonnina ma cosa devo fare con questo ragazzo?», e lei, una statuetta di plastica trasparente con dentro l'acqua benedetta, di quelle di Lourdes, muoveva le labbra e mi diceva: «Lo devi aspettare». Ojalá, pensa quella parte di me ragazzina che credeva alla Madonna; magari, pensa quella che credeva, giorno dopo giorno, per anni, che il ragazzo che le piaceva a scuola prima o poi l'avrebbe scoperta e amata.

Cucino una truita de patates e quando la odoro per sapere se è pronta sono la madre di Ana, a Barcellona, nella luce di una domenica mattina. Preparo anche il pane con il pomodoro sfregato sopra e l'olio e il sale, e ceno mentre guardo una serie inglese per addormentarmi, stanca, ché domani inizio a lavorare.

4.

La sera che Agata aveva conosciuto Alessandro, nel gelo del cielo milanese, lui era con una ragazza, che era la sua ragazza, e Agata aveva provato invidia per lei, per il modo che aveva lui di stare con lei. Alessandro era con un gruppo di compagni di facoltà che stava iniziando a frequentare, e capitava di sedersi accanto a lezione, in mensa, di uscire tutti assieme per l'aperitivo in centro. La sua ragazza non l'aveva piú vista, ma lui ogni tanto la nominava, mentre loro due si innamoravano. Avevano preso a studiare nella stanza di lui, che viveva al Borromeo, da dopo pranzo fino all'ora di cena, che arrivava presto, nei collegi, alle sette e mezza già suonava la campana. Agata si innamorava dei suoi occhi distratti e delle mura spesse della stanza di quell'edificio antico e gigantesco, mentre lui non si decideva e lei a volte era paziente, a volte esplodeva in lacrime che veloci si pentivano e ringraziavano l'amicizia comunque. Parlavano del passato e del futuro, mai di quello che c'era tra loro. Entrambi volevano andare per qualche tempo in Africa, con una Ong che ne avesse bisogno; Agata voleva da sempre fare Pediatria, mentre lui ancora non aveva deciso. A maggio Alessandro aveva invitato lei e altri amici a passare il fine settimana nella casa dei suoi genitori sul lago di Garda. Erano partiti di venerdí, dopo pranzo, con due macchine, e Agata vedeva per la prima volta la luce delle risaie coperte d'acqua, che somigliavano un po' alle saline di Carloforte, ma erano infinite e palpitavano sotto il sole e il pianto bianco dei pioppi, la cenere sulle ali degli aironi. Erano arrivati all'inizio della sera ed erano andati subito a cena in un ristorante in cui tutti conoscevano Alessandro, avevano mangiato bene e bevuto molto vino. Agata si sentiva euforica e faceva ridere tutti. Si era ubriacata per la prima volta in vita sua e le si era creato un buco nella testa che non le aveva mai permesso di ricordarsi niente di quello che era successo tra la cena e il momento in cui, la mattina dopo, si era svegliata e sul letto, accanto a lei, c'era Alessandro. Si era alzata per andare in bagno, si era sciacquata la bocca che aveva un alito tremendo, e si era chiesta se avessero fatto l'amore, non se lo sarebbe perdonato, ma erano vestiti entrambi e poco dopo lui le aveva raccontato della strada fatta barcollando, dei vomiti nel bagno, del sonno profondo in cui era caduta. Ora erano vicinissimi, lui parlando le accarezzava la fronte, era premuroso, le chiedeva come stava, infine la baciava. Erano mesi che Agata non stava con un uomo, si era fatta baciare e aveva baciato, aveva accarezzato, lui le aveva detto che si era lasciato e dopo le aveva detto anche le altre parole che aveva aspettato fino a quel momento: mi piaci molto, sei molto importante, sei speciale. Aveva aggiunto anche «per questo non voglio rovinare tutto con il sesso». Agata non capiva perché fare del sesso avrebbe significato rovinare tutto, ma non aveva insistito, aveva detto certo, che problema è, aveva continuato a stare stretta a lui. E poi per tutti e tre gli anni che era durata la loro relazione il sesso per Alessandro aveva continuato a essere difficile, come sofferto, comunque molto raro. Quando una volta ne aveva parlato a Dora lei non ci voleva credere, «Tu sei matta, – le aveva detto, – hai un fidanzato e una vita sessuale piú sporadica della mia».

Un'altra cosa che risultava incomprensibile a Dora della relazione fra Agata e Alessandro, che comunque le stava simpatico, era la loro abitudine di passare la maggior parte dei fine settimana a Bergamo, dai suoi genitori, fra pranzi in soggiorno e passeggiate al parco il pomeriggio. I primi tempi Agata si era sentita adottata da quella famiglia, o aveva voluto sentirsi cosí, aveva bisogno di una casa, di un pranzo della domenica, di una madre, magari. E le piaceva la madre di Alessandro, che prendeva un drink in salotto telefonando alle amiche, mentre il padre leggeva il giornale sul tavolo sotto la finestra e la signora dell'Ecuador con la divisa da cameriera si muoveva silenziosa fra i mobili antichi, preparava e serviva pranzi e cene. Le piaceva Bergamo Alta, dalla terrazza nelle giornate terse se guardavi verso sud si vedeva la cima degli Appennini, se ti giravi indietro, verso nord, le Alpi con la neve sulla punta. Era lei, però, si accorgeva, a non piacere alla madre di Alessandro, che non aveva mai smesso di trattarla con freddezza, forse immaginando le cene di Natale in paese, fra il chiasso dei suoi parenti e i malloreddus al sugo di zafferano serviti nei piatti di plastica. Il padre invece la trattava con gentilezza e una specie di interesse antropologico per la ragazza sarda e povera che però era tanto brava negli studi. Non era povera, Agata, ma sapeva che la sua famiglia aveva molto poco a che vedere con quasi tutte le famiglie delle persone che frequentava in quegli anni. Dalle sue compagne di collegio ai ragazzi loro amici, anche loro dei collegi.

A quelli del paese aveva dovuto spiegarlo moltissime volte:

«Cosa sono questi collegi?»

«Dei posti per gli studenti, con le camere, la mensa, la biblioteca, i campi sportivi».

«Uno studentato, una casa dello studente».

«Piú o meno, però si è ammessi dopo un esame e si devono dare tutti gli esami in tempo e tenere una media minimo del ventisette».

E poi che ci sono dal XVII secolo, che prima erano solo per maschi mentre negli anni Settanta sono nati quelli femminili e che no, non è delle suore, è laico.

Non sapeva niente la famiglia di Alessandro di quanto avesse studiato dopo la maturità, senza vere speranze di passare l'esame, due scritti, un orale e una tesina, con tutti i raccomandati che ci saranno. Invece poi l'avevano chiamata, un lunedí di inizio settembre, piú o meno in questo periodo, l'avevano presa. L'orgoglio di mamma quella mattina mischiato alla tristezza muta di babbo. Cercare Pavia sull'atlante, molto vicina a Milano, lontanissima dal mare; il Ticino, le risaie, le pellicce; gli 883; la nebbia, che ogni tanto arrivava anche al suo paese ma non come quella che, aveva scoperto poi, prima di vederla non si poteva immaginare; le zanzare. Dirlo ai suoi fratelli e a sua cugina, a Daniele. Pensare sei anni, poi per la specializzazione ritorno. Ancora non sapeva quanto erano belle le risaie a maggio, ricoperte d'acqua a brillare sotto il sole, quanto era bello il Ticino d'inverno, gli argini ricoperti di neve, o quanto una mattina di aria fredda e chiara con le Alpi in fondo. Non sapeva che Pavia l'avrebbe avvolta con il suo scialle grigio e l'avrebbe tenuta stretta a sé, fra le torri e il fiume, la polenta e la torta paradiso.

5.

Dopo i temporali dei primi giorni del mese il sole è di nuovo caldo e rimane ad aspettare Dora quando esce dall'ufficio, la sera, la accompagna in via Roma dove lei si ferma a prendere un altro caffè e a guardare il mare. Ogni giorno sceglie una salita diversa per imparare le strade e i vicoli, le scorciatoie e le vie per passeggiare. Conosce già un po' la città, non ha avuto quindi quella sensazione di disorientamento che si ha nei posti nuovi. Si ricorda per esempio di come il primo giorno del master a Barcellona si fosse persa in un groviglio di vicoli, non aveva capito piú niente e aveva chiesto indicazioni a una signora grassa, fuori da un negozio peruviano, che l'aveva aiutata prendendola in giro. Cosí aveva camminato ancora, trovandole infine, le Ramblas, ricoperte dalle foglie dei platani, le statue viventi che raccoglievano le monete dai cappelli, andavano a casa a struccarsi. La Barcellona che conosceva negli anni delle superiori erano poche strade del centro, le Ramblas sempre il punto di riferimento, aveva conosciuto davvero la città soltanto quando, dopo l'università a Pavia, ci era andata ad abitare.

Arrivata in piazzetta Savoia, sotto casa sua, si siede a uno dei tavolini all'aperto, beve una birra. Accanto a lei una donna dice all'uomo che ha davanti, alzando la voce e scandendo le sillabe: – Ma come te lo devo spiegare –. Le piace quella piazza rotonda, le ricorda Barcellona e la incanta quella palma altissima e sola, immobile o mossa dal vento. Si guarda intorno e le sembra che si conoscano tutti, come in tutte le piccole città, pensa, o forse anche in quelle grandi. Manda un messaggio a Matteo, che non le risponde da un po', mentre sente una mano sulla spalla e sorride a Mario, che ha conosciuto qualche anno prima in vacanza, è abbronzato e disinvolto, un po' ingrassato, come stai che ci fai qui, vieni a sederti con noi.

Dopo un'ora le birre bevute sono tre, Dora parla racconta ascolta raccontare, le domande, come sa, in questi casi sono sempre le stesse, da dove vieni che lavoro fai ti piace questa città. Ha voglia di rispondere e lo fa, usa molti aggettivi per esprimere la meraviglia che le dà, questa città. Mario la guarda spesso e si preoccupa che abbia sempre da bere. Dopo due ore alcuni se ne vanno, restano in quattro a ordinare la cena. Quando Mario la riaccompagna è un po' ubriaca e contenta, fa l'amore per la prima volta in quel letto, in quella città, per un attimo penso che non è con te, ma solo un attimo, con Mario l'attrazione è molta e mi so lasciare andare, almeno non è piú com'era prima, che ogni volta che baciavo qualcuno, gli occhi chiusi, vedevo te, Mario ha mani sottili e le sa muovere bene, godo al contatto delle pelli, i petti, gli inguini, le lingue, anche se, come da un po' di tempo, all'orgasmo poi non arrivo, c'è qualcosa che non va, non so spiegarmi cos'è, credo c'entri con l'amore. Lui inizia quasi subito a russare, io gli do le spalle e ci metto una vita, a dormire e sognare.

Non mi chiedo se Mario mi piace oppure no, tanto è un tempo lungo senza entusiasmi o battiti di cuore accelerati. Ho dentro un gomitolo di disinganno che nessuno si prende cura di dipanare, o io non lo permetto. A te certo, se volessi, ho tutto questo amore e questo sesso, se li volessi tu. Ti amo cosí proprio perché tu non ami me oppure perché abbiamo lo stesso libro sul comodino, perché solo con te mi viene da parlare di tutto e ho voglia di sentirti parlare di tutto. Perché quando ci incontriamo da qualche parte, in mezzo alle persone, parliamo solo io e te come se non vedessimo l'ora. In effetti io non vedo l'ora, sempre. In effetti poi tutta questa emozione non mi fa essere spontanea davvero, penso che non mi conosci. Per strada cantavo pé de lima pé de limão o amor é meu tá dizendo que não, chiedendomi quale fosse la traduzione corretta, l'amore è mio sta dicendo di no oppure l'amore mio sta dicendo di no, in macchina urlavo il tuo nome sperando che tu in qualche modo mi sentissi, non mi sentivi mai. Eppure ho smesso di pensarti ogni momento. In queste prime settimane a Cagliari, per esempio, città nuova casa nuova lavoro nuovo, è la prima volta che il caffè si fredda perché è arrivata l'immagine di te, il suono della voce tua. Ho smesso di raccontarti le cose nella testa. Penso ad altro. Penso al mercato di San Benedetto dove vado il sabato mattina e non ho ancora capito di quale pescivendolo fidarmi. Matteo mi aveva detto che è il piú bello del mondo e forse lo è, comunque il piú bello che abbia mai visto io. Quando torno sistemo la spesa e un mazzo di fiori che ho comprato con le ultime monete, entra un po' di luce dalla portafinestra. Metto un'orata nel forno assieme alle patate, apro una birra, leggo i giornali e sono tutte le case in cui ho cucinato solo per me dopo essere tornata dal mercat de Santa Caterina a Barcellona, dal mercato di piazza della Vittoria a Pavia, da quello di via Cagliari ad Alghero, una finestra aperta, l'odore del basilico, i muri antichi a custodire le mie solitudini.

6.

Sono lente e piene di pensieri le giornate di Agata ora che è in maternità, ha ancora tutto dentro gli scatoloni da quando ha lasciato l'appartamento che divideva con Gianluca, ci mette poco a sistemare e decidere cosa portare a Cagliari. Cammina per Pavia, sotto la pioggia, entra nei negozi per bambini e compra bavaglini e tute. Le vengono in mente i proverbi sui mesi in sardo: cabudanni, in s'àiri brebeis, àcua fintzas a is peis; settembre, le pecore nel recinto, acqua fino ai piedi, che qui è piú che mai vero, la pioggia dura da giorni. A settembre era sempre stato duro tornare a Pavia dopo due mesi in Sardegna, partiva che era estate piena e arrivava dritta dentro l'autunno. In Sardegna ancora si poteva andare al mare e si stava per strada la sera, suo padre raccoglieva i fichi d'India con sa cannuga, una canna lunga con un'estremità aperta come una coppa, da usare nella direzione del vento per non farsi arrivare addosso le spine sottili. «Pàppa figumorisca cabudanni buddoni», le diceva quando da piccola lo accompagnava, e a lei faceva ridere quel proverbio, mangia fichi d'India settembre ciccione, si immaginava settembre come il signor Pinuccio, che chiedeva al babbo il permesso per raccogliere i frutti rossi e gialli dalle loro siepi, e aveva una pancia cosí grande che la maglietta gli si sollevava e lasciava vedere la carne molle e tanta. Pensa che lei non è capace di raccogliere i fichi d'India senza riempirsi di spine, che non lo potrà insegnare a sua figlia.

Non era necessario, per Agata, andare via di casa cosí presto, non l'aveva voluto né tanto sperato. Ma c'era una ragazza piú grande, in paese, che aveva fatto la specializzazione lí a Pavia e aveva convinto tutti che se Agata voleva davvero fare il medico, essere brava, quella era l'università giusta in cui investire il proprio tempo. Agata voleva davvero fare il medico. Per questo aveva preparato una valigia enorme, in cui non sapeva cosa mettere, cosa portarsi, cosa lasciare. A lungo le era sembrato di avere due vite parallele, la nuova e la vecchia, a lungo non aveva capito come fare a conciliarle. Il collegio aveva corridoi lunghissimi e bianchi, il silenzio la stordiva in certi pomeriggi di noia e solitudine. Le avevano dato una delle stanze grandi, perché veniva da lontano, l'aveva un po' arredata con le sue foto, un pupazzo che le aveva regalato Daniele, la copertina all'uncinetto fatta da sua madre. Quando aveva lasciato il collegio, sei anni dopo, il trasloco verso il nuovo appartamento era stato facile e veloce, le cose da portare via piú o meno erano le stesse. Stava in facoltà tutta la mattina, andava raramente in centro. Studiava il pomeriggio fino alla campana della cena. La fila con il vassoio, il pesce il venerdí, gli gnocchi il martedí, imparava a conoscere le altre. Quando aveva iniziato gli esami, nel freddo di gennaio, era piena di energia e di pensieri di riuscita. Scriveva lettere lunghissime a sua cugina e altre piú corte ai genitori, mandava qualche mail, nel ronzio notturno della sala computer. Alessandro e il gruppo di amici di Medicina l'avevano tirata fuori da quella solitudine, assieme avevano seguito le lezioni, preparato gli esami, erano andati a teatro, assieme a Lucia e Manuela aveva comprato i vestiti per le feste di primavera. Viveva fra il suo collegio e quelli dei ragazzi, l'università e il bar della pausa pranzo, i giri in bici e le passeggiate su Strada

Nuova. Una festa di laurea in una villa in campagna, lei che piange in un angolo del giardino per una frase cattiva della padrona di casa; un pranzo di primavera nel giardino di Tiziana, con Michele che suona il pianoforte; la prima volta che è nevicato e lei si aspettava una giornata di festa, senza lezioni, invece tutti prendevano le bici come niente fosse; una notte al mare in Liguria, davanti all'acqua immobile brillante di luna, abbracciata ad Alessandro a giurare di non scordarsi mai di quel momento.

Di quelle persone, adesso, nella sua vita, era rimasta Amelia, erano amiche oltre che colleghe; le altre erano soltanto dei ricordi e poche foto, un paio di relazioni di lavoro: con Lucia si salutava ogni mattina nei corridoi dell'ospedale, Marco adesso era il responsabile del suo reparto. Nel frattempo aveva conosciuto Dora, che in quel periodo era al primo anno e usciva con Enrico, un sardo dell'Ogliastra che studiava Ingegneria ed era amico di Lucia. Ricorda una sera da Mario, la bottega del vino sotto i portici di piazza Cavagneria, una sera di maggio sotto un temporale, conta gli anni e sono quattordici, le sembra impossibile e li riconta tre volte. Erano le prime volte che Agata andava da Mario, assieme a Lucia che abitava lí accanto. Dora si notava presto: i capelli quasi rossi arrotolati in dread sottili e curati, un anellino sul sopracciglio, la pelle come rame sotto i ricami lievi delle lentiggini. Era piccola, minuta, una di quelle ragazze in miniatura come ne aveva viste soltanto in Sardegna, i fianchi un po' larghi. Aveva una gonna corta e una maglietta leggera, portava già i sandali, era come la maggior parte delle ragazze lí, che non le erano mai piaciute troppo, e invece di lei aveva pensato è quasi bellissima. Poi a parlarle si vedeva nei suoi occhi come un vortice, che ti risucchiava e ti raccontava di oscurità e silenzi. Si sentiva, dietro una parlata stramba, un accento un po' spagnolo e un po' sardo, certamente sardo, sarà una appena tornata dall'Erasmus, non le si addice, questa cosa ridicola. Aveva poi scoperto, la sera stessa, mangiando pasta al sugo a casa di Enrico, che Dora aveva lasciato Alghero a quindici anni, aveva vissuto vicino a Barcellona fino ai diciannove, ora stava a Pavia da settembre, e cosí si capiva, quell'accento, si capiva che non sapeva bene che farci. Le aveva detto, salutandola: «Vieni in facoltà da noi qualche volta, cosí studiamo assieme». Con Dora Agata aveva conosciuto una Pavia che le era sempre stata accanto ma non aveva mai visto, o forse l'aveva ignorata. Il cortile di Scienze politiche, i rum e pera al *Sottovento*, le feste in riva al fiume. Le sembrava che Dora conoscesse piú gente di lei, che le piacesse Pavia, anche se sempre ne parlava male, sempre se ne lamentava.

Ci avevano messo molto a diventare amiche, a Dora Agata era sembrata a lungo diffidente, non era neanche sicura di piacerle. Poi una sera di luglio prima degli esami, Agata aveva litigato con Alessandro, Dora le aveva mandato un messaggio per dirle: «Andiamo a Milano?» Si erano incontrate alla stazione e da lontano avevano visto che portavano lo stesso cappello, e avevano riso. Di quel pomeriggio Agata ricorda l'afa sotto le colonne di San Lorenzo, il tentativo di due ragazzi magrebini di entrare nelle chiacchiere fitte di loro due, la sensazione di essere riflesse in uno specchio. La libertà provata alla stazione, al ritorno, quando avevano guardato gli orari sui display e avevano detto andiamo a Parigi, o a Berlino, o a Roma. Dora era diventata cosí presente nella sua vita che Alessandro i primi tempi ne era stato geloso, come se lei e il suo mondo la allontanassero da lui. E Agata si rendeva conto, dolorosamente, che era vero.

7.

Quello che piú piace a Dora del suo nuovo lavoro è che ha due ore di pausa pranzo e può prendere un autobus e arrivare al Poetto, la spiaggia cittadina che non conosceva e non aveva mai pensato fosse bella, e invece è un sogno. Settembre è caldo e asciutto e non le fa tanto rimpiangere Barcellona.

Andare via da Barcellona, per Dora, dopo dieci anni, è stato doloroso e triste, ha lasciato scatoloni dagli amici, come a non andarsene davvero. Aveva avuto il tempo di decidere, e non saprà mai se ha fatto bene. Dopo il master uno stage, poi un altro, poi una collaborazione con una Ong con un capo che urlava tutto il giorno. Con lui è stata a Rio de Janeiro, e lí si è licenziata, rimanendo poi in città per sette mesi, per conto suo. Al rientro a Barcellona ha trovato un'altra Ong, di cui allora sapeva molto poco, adesso quasi tutto. Ci ha lavorato quattro anni, contratti brevi rinnovati, paga bassa, moltissimi viaggi. Era tornata a Rio, per un progetto con gli adolescenti della favela da Mangueira, che questa volta le sembrava importante, fatto bene. Era stata in Etiopia e in Mozambico, a Londra per un corso di formazione. Erano stati quattro anni di adrenalina e voglia di fare, energie e fatica, progetti e forza, gli scoramenti solo piccole parentesi. L'ufficio era luminoso e dalla sua finestra vedeva la Sagrada Família, si ricordava che era a Barcellona, sorrideva. L'ultimo anno, un anno fa, in questo periodo, non dormiva la notte per via del contratto che sarebbe scaduto dopo tre mesi e non le era stato rinnovato e nessuno le affidava piú niente, andava in ufficio senza niente da fare, le relazioni con gli altri erano tese. Era il posto dove aveva lavorato gli ultimi quattro anni, il lavoro che piú le piaceva e che stava imparando. Le dispiace soprattutto questo: che stava imparando un mestiere e ora deve ricominciare daccapo.

Era una Ong molto grande, di quelle famose, ci lavorava una ragazza che conosceva e stavano cercando qualcuno, una laureata in Lingue, che parlasse anche italiano e portoghese. Di quel lavoro era stata da subito cautamente entusiasta, a poco a poco prendeva confidenza con alcuni dei colleghi, il primo progetto per cui è partita è una delle soddisfazioni piú grandi della vita. Le sembrava che stava vivendo come voleva.

Poi le cose erano cambiate anche a Barcellona, erano iniziati i licenziamenti e tutti quei contratti non rinnovati, fra cui il suo. Per anni a prevalere è stata una specie di fiducia, la sensazione informe ma quasi sempre certa che, con le fatiche e l'ingegno, la gentilezza e chissà cosa ancora, ce l'avrei fatta. Da dove mi veniva? Era un discorso che facevo sempre con Matteo, quello sulle possibilità che credevamo di avere, su quanto era andato sprecato di tutto quello che avevamo imparato. Ci chiedevamo, come molti, se eravamo noi ad aver sbagliato e dove e quando, noi e quelli dell'età piú o meno nostra, e cosa ci aspettavamo, cosa immaginavamo, negli anni immensi dell'università.

Matteo l'ho conosciuto il secondo anno di università, un pomeriggio di sole di marzo, avevo messo una maglietta a maniche corte per la prima volta quell'anno, fumavo una sigaretta poggiata a una colonna prima di entrare a lezione di Storia della lingua. Era alto, con i riccioli neri raccolti in una coda, l'aria di un uomo già grande. Chiacchierava con un ragazzo piú basso, i capelli corti e la barba, è umbè bono, avevo pensato, proprio bono. L'accento di Matteo mi aveva fatto sorridere, questo è di Cagliari, avevo pensato, e a un certo punto, parlavano dell'età della docente, che era una donna molto bella, «Sessantun anni? – aveva detto lui. – E cosa dorme, in freezer?» Ero scoppiata a ridere, lui mi aveva guardata sorridendo, aveva detto: «Oh scroccona, – e avevo riso di nuovo. Poi, sistemandosi la coda sulla testa: – E tu già sei poco piccola, cosa ti hanno messo, in lavatrice?» mi aveva chiesto.

«Sei di Cagliari?»

«Sí. E tu?»

«Di Alghero».

Avevamo passato il pomeriggio assieme, mi aveva chiesto se ad Alghero avevano tutti un accento ridicolo come il mio, eravamo andati a fare l'aperitivo e poi a cena dall'amico basso. Matteo studiava a Bologna ma veniva spesso a Pavia perché faceva ricerche per la tesi al Fondo Manoscritti. Io ero rimasta lí a dormire con l'amico, e Matteo me l'aveva rinfacciato, scherzando, per anni. Negli anni, poi, io e Matteo abbiamo dormito assieme e fatto l'amore molte volte, sempre sapendo, tutti e due, che non eravamo innamorati e non lo saremmo stati mai, che eravamo amici ogni giorno di piú. In un certo senso è l'uomo della mia vita, Matteo, anche adesso che ama Valentina, non è quello, ci lega qualcosa di unico e antico.

Matteo, al contrario di Agata, di te mi dice cose bellissime, alimenta la mia stupida convinzione che non possiamo non stare insieme, che siamo compagni e aspettavamo di incontrarci. L'ho avuta quando ci hanno presentati, e non ho avuto fretta, ed era quasi quattro anni fa, e quindi non ha senso ora pensare che forse tutto questo si poteva evitare. Quando ero nella tua città, e abbiamo cenato e riso e tu avevi detto che credi negli incontri, che non ti innamori, che poi però sei anche geloso, io avevo pensato per esempio bella questa cena assieme, ora è meglio se me ne vado. Dopo piú di tutto avevo pensato che eri delicato. Poi, rivestendomi, avevo pensato che era meglio se ci salutavamo: avrei sorriso, avrei pensato che era stato molto bello, me ne sarei andata. Invece per strada mi hai dato un bacio veloce, come pentendoti subito, lasciandomi stupita. Poi di notte, a voce bassa, come cantando, mi hai detto «sto molto bene con te», mi hai detto «sembra che ci conosciamo da un anno». Adesso ho smesso di pensarti ogni momento ma certe notti, per esempio, mettendomi il pigiama, penso che ho ancora freddo e mi infilo una felpa e compari tu, davanti al tuo armadio, la maglietta nera, che mi dici «non ce l'ho una felpa, va bene un maglione?», e mi dài un maglione sottile e marrone, con cui dormo, ma dormo anche abbracciata a te, e sotto due piumini, la prima volta che ho dormito a casa tua, pues me olvidé de olvidarte.

8.

A Pavia la pioggia inizia a scendere forte, Agata sente i tuoni e come sempre un po' ne ha paura, si rigira gli anelli fra le dita e ripete a voce bassa la filastrocca di sua nonna, santa Bràbara e santu Iaccu ousu teneis is crais de lampu, ousu teneis is crais de celu, no tocchéis a fill'allenu ne in bidda ne in su sattu. Santa Bràbara e santu Iaccu, mentre si veste e si mette gli stivali alti, voi che avete le chiavi del lampo voi che avete le chiavi del cielo, non toccate il figlio degli altri né in paese né in campagna. Fuori il cielo è grigio scuro e in corso Garibaldi non passa quasi nessuno. In piazza della Vittoria, davanti al Duomo, scende piano i gradini e entra al mercato coperto, va dritta dalla signora Pia, che vive nelle colline dell'Oltrepò e da lí porta le sue verdure, Agata le compra da anni, piú perché le piace chiacchierare con lei che perché siano piú buone, o piú economiche. La signora Pia le chiede della gravidanza, le ripete, come fa da qualche settimana, che lei non ci crede che è femmina, secondo lei i medici si stanno sbagliando, guarda come è appuntita questa pancia, l'è 'n masc', tla disi mi. Agata dice chissà, ma sa che non è vero e pensa è una di quelle sciocchezze a cui crederebbe Dora. La signora Pia le dà la busta con le mele e una con una lattuga e qualche uovo, le chiede: – E lü, l'è gní indré? – Scuote la testa, Agata, mentre la signora Pia le dice: – Vedrai che torna, vedrai che torna.

Non ci crede, Agata, che Gianluca tornerà da lei, non sa nemmeno se lo vuole. Lo vuole, fino a tremare di dolore, certe notti in cui si sente del tutto sola, in cui le sembra che non potrà amare piú nessuno, in cui si immagina questa figlia che avrà un padre che non la vuole, non l'abbraccerà e non la porterà a giocare al parco. Non lo vuole quando visita i bambini all'ospedale, quando sale sull'autobus la mattina, quando fa la spesa al mercato. Lo odia, Gianluca, pensa che non potrà perdonargliela mai, questa mancanza di coraggio. Quel primo mese senza mestruazioni, non c'era stato bisogno di fare nessun test, per sapere che era incinta. Aveva fatto la notte in ospedale senza riuscire a pensare ad altro e la mattina era andata direttamente a casa di lui, che dormiva ancora, gli aveva preparato un tè e si era infilata nel letto, nel caldo del suo sonno, accarezzandogli i capelli mentre lui le chiedeva: «Che succede cosí presto?» Gli aveva detto: «Sono incinta», ed era la prima volta che lo diceva anche a sé stessa. Si sentiva felice in un modo mai provato, lo amava come non accadeva da molti mesi, la luce entrava dalla finestra che aveva aperto e illuminava il letto e tutta lei. Gianluca aveva finito di bere il tè, senza dire niente, poi si era alzato, scostandola, fracassando la luce in mille pezzi rotti aveva detto: «Non è vero, hai fatto il test?» Agata aveva mantenuto una specie di sorriso e aveva detto: «Non ancora, ma lo so già». Lui si vestiva e diceva, frantumando l'amore in mille cocci: «Io ti ho già detto che non voglio nessun figlio».

Aveva passato i giorni successivi con Amelia, a chiedersi cosa fare, lasciarsi consolare. Amelia non l'aveva mai spinta verso nessuna decisione, ascoltava, faceva domande, aveva capito dall'inizio che Agata quel bambino lo voleva, che non c'era niente da decidere.

Il cielo di metà settembre, fuori dal mercato, è ancora grigio scuro e Agata cerca di non farlo entrare dentro di sé, di allontanare quel ricordo, recente e infame, che la umilia e ferisce e non vuole che arrivi alla bambina. Aveva sognato per lei, per quando sarebbe arrivata, solo pensieri dolci e sereni, ora la culla al suono del campanello che le aveva regalato Dora, «Non è un campanello, Agata, è un chiama angeli», portato lungo proprio sopra l'ombelico, al ritmo dei passi lenti sull'acciottolato di piazza Cavagneria, ricordandosi degli aperitivi che prendeva con gli amici, del bianco sporco che la graffiava dentro, di quando tutto era aperto come il cielo a maggio, e il vento, anche quello lieve e raro della pianura, spazzava paure e insicurezze.

In cucina mette la lattuga nell'acqua con il bicarbonato, si stende sul divano e ascolta la sua pancia.

9.

Per il nuovo lavoro Dora ha ancora una volta un contratto a progetto, non dovrebbe avere orari ma glieli hanno dati e lei li rispetta, anche se questo primo mese è già noioso e frustrante, ma es lo que hay, si ripete, è quello che c'è. L'associazione è cosí piccola che le sembra tutto un po' inutile, sparita quella sensazione di fare delle cose davvero importanti che ha avuto per anni con la Ong di Barcellona. Certi giorni Barcellona le manca. Certi giorni le manca tutto, in realtà, le manca Barcellona, le manca Rio, le manca Pavia. Le manca poter prendere un treno e arrivare a Milano. Eppure Cagliari, con i suoi colli, il porto, i capperi sulle mura di Castello, la conquista e le apre il cuore. È sera e fa ancora caldo e non ha voglia di tornare a casa, cosí prende le scalette delle Monache Cappuccine e sale al Bastione, si mette a leggere sotto una palma tenendo d'occhio il cielo, aspettando le luci arancioni del tramonto. Sulle panchine ragazze e ragazzi che parlano, suonano, rappano, fumano.

Dora si affaccia sul parapetto a guardare la città, senza sapere che quello che vede sono la Sella del Diavolo, lo stadio, lo stagno, gli alberi del cimitero monumentale di Bonaria, Villanova e, girando lo sguardo, Marina, il suo nuovo quartiere, il porto e piú in là Stampace. Un altro stagno, la via per il mare, le colline di Capoterra. Il sole che cade, il viola del cielo, un volo di fenicotteri rosa che vanno a dormire nell'altro stagno. Si ricorda dei fenicotteri dell'Andalusia che aveva visto dalla macchina assieme a Javier e poi con Javier avevano discusso mezzo viaggio, lei diceva che erano bianchi e lui che invece erano rosa, e la giornata era stata tutta piena di tensioni, fino alla spiaggia dove si erano accampati per dormire, fino al silenzio della cena preparata sul fornellino elettrico. Era un periodo in cui le sembrava che non sapevano cosa dirsi. Moltissime sere non sapevamo cosa dirci, per questo facevamo l'amore, moltissime volte era noioso, fare l'amore con Javier.

Vista dall'alto Cagliari somiglia anche a Barcellona, a Lisbona e a Genova, a Napoli e a Rio de Janeiro. Visto da lontano Javier assomiglia a Giorgio, a Riccardo e a Martino. Visti da lontano si somigliano i discorsi e gli amplessi, le carezze e i mal di pancia, i risvegli. Quelli che mi hanno detto «ti amo»; quelli che mi hanno detto «mi piaci molto, ma non posso avere una storia con te»; quelli che non mi hanno detto niente; quelli a cui ho detto «mi piaci molto, ma non posso avere una storia con te». Io ti amo l'ho detto raramente.

A te l'avrei voluto dire, anche se forse non sarebbe stato vero, ché cosí che amore è. La prima volta che sei venuto a casa mia ero cosí tesa che quasi non riuscivo a parlarti. La mattina sono andata al lavoro e non riuscivo a fare niente, non sapevo se al mio ritorno ti avrei trovato ancora. Siamo andati all'*Antic Teatre* e a cena in una pizzeria italiana dietro la Cattedrale. Dopo sei sparito, per mesi, neanche una parola. Cantavo amarti mi affatica, mi svuota dentro, qualcosa che assomiglia a ridere nel pianto.

Visti dal basso, i fenicotteri in volo, sono rosa nel rosa del cielo, che si prepara alla notte.

La notte mi passa a prendere Mario e ritorniamo assieme in Castello, con l'ascensore con le pareti di vetro per guardare la città. Beviamo due gin tonic ascoltando un concerto, Mario conosce tutti, saluta e chiacchiera, intorno a me soprattutto mocassini e polo, vestiti e scarpe con i tacchi alti, ma sono di buon umore e non lascio che si rovini, di tanto in tanto volano i fenicotteri in gruppo o da soli, il rosa è piú rosa nel nero del cielo. Andiamo a ballare in un posto lí accanto che è una specie di grotta, un po' dà claustrofobia ma mi sembra bellissimo, mi piace la musica e mentre ballo sono Lorenza, con cui andavo al *Link* a Bologna quando Bologna era fredda e piena di sogni.

Ce ne andiamo verso le quattro, mentre scendiamo le scale incrociamo una ragazza che le sale di corsa, a poca distanza un'altra che le urla: – Aiò, ma cosa te ne frega?

A letto dico: – Non mi capita quasi piú di andare a dormire quando gli altri si svegliano, – ma Mario già dorme, mentre io continuo a pensare a quel momento appena dopo l'alba, in cui iniziano i caroselli delle rondini, se è primavera e non fa tanto freddo e puoi rimanere a guardarli sulla strada, prima di rientrare.

10.

L'estate in cui Agata e Alessandro si erano lasciati, per consunzione, per incompatibilità, l'estate del 2001, Agata era tornata in Sardegna quando già luglio finiva. Era stato un mese agitato, denso, tutto teso alle giornate di Genova, che non le aveva dato il tempo, lo spazio, per essere triste davvero. La tristezza era arrivata spietata in paese, le prime settimane di agosto, ingigantita dalla delusione di sua madre, che al fidanzamento con quel ragazzo altoborghese credeva davvero. Sua madre, che non avrebbe mai sposato un operaio se non fosse rimasta incinta, voleva per lei una vita normale, cioè un marito con un lavoro e uno stipendio migliore del suo.

Un pomeriggio di quell'agosto Agata era entrata nella camera da letto dei genitori, le tapparelle abbassate a non far entrare il sole del dopopranzo, sa mamma 'e su soli lo chiamavano, il letto grande con la spalliera dipinta a fiori scuri, tende e tappeti chiari, l'enorme armadio nella cui parete a specchio si era guardata per anni, prima di uscire. Lo aveva aperto e aveva passato una mano sui vestiti: quello bianco e blu che la madre aveva indossato il giorno della sua prima comunione, quello verde scuro con le spalline che ha in una foto scattata in giardino il giorno del suo quindicesimo compleanno, altri nuovi, che non conosce. Non buttava niente sua madre, al contrario di lei. Agata si era abituata all'assenza di lei, da quando era andata a studiare a Pavia, pensava che quasi non si conoscevano, non capiva se fossero completamente diverse oppure uguali. Le sue braccia forti, i suoi capelli da tingere di nuovo, le mani dentro i guanti una sera di febbraio, in macchina, aspettando papà che comprava la carne, la pioggia che batteva forte sui vetri, il buio e lei che le raccontava qualche cosa della scuola. Agata provava nostalgia e paura per il futuro, in quei primi giorni d'agosto, andava al mare con sua cugina Maria Chiara e spesso a trovare la nonna in quella specie di ospizio in cui l'avevano messa. Aveva pianto, quando la madre al telefono, qualche mese prima, le aveva detto che per la nonna era meglio cosí, che loro da soli non potevano seguirla e zia Piera non la voleva tenere. Sapeva che sua madre aveva ragione eppure le sembrava tremendo e tristissimo.

Il 7 agosto, nel calore immobile del dopopranzo, frugava in una scatola piena di vecchie cartoline, quelle che mandava il babbo da militare, quelle dei parenti andati a vivere in Argentina, avevano suonato alla porta e alla porta, sudata e sorridente, c'era Dora. Entrando, nella penombra della cucina, a Dora Agata era apparsa bianca e come assente, le aveva detto: «Fammi un caffè e poi preparati uno zaino».

Verso le cinque erano salite in macchina e Dora aveva guidato piano nel brullo della 130 fino a Cagliari, avevano guardato la città luccicare sull'acqua dello stagno, prima di proseguire seguendo il mare. Dietro ogni curva si aprivano squarci di acque azzurre, ombrelloni e qualche barca. Dopo aver lasciato la costa, erano arrivate vicino a Muravera, all'azienda di un amico di Dora che forniva il mirto all'albergo dove lavoravano i suoi genitori. Una campagna asciutta e dura in quella stagione, splendida, sembrava a Dora. Agata non diceva nulla, si era fatta presentare agli altri, si era seduta al tavolo grande apparecchiato in veranda, aveva sempre ricordato quella sera, le stelle, tantissime stelle, come una specie di sogno.

Si rilassava lentamente, nei giorni dopo, mentre risalivano l'isola sull'Orientale Sarda, dove a Dora piaceva guidare, nella luce immensa di cielo e di acqua, nel frastuono delle cicale, nell'odore degli eucalipti, del mare e delle creme solari. Agata si era chiesta se sua madre avesse mai girato l'isola, magari da giovane, se avesse visto mai quella costa cosí spettacolare. Lungo la strada si impegnava a guardare la cartina, dare indicazioni a Dora che aveva due pagine dell'agenda piene di nomi e indirizzi, e sapeva dove erano i campeggi, i paesi, le spiagge piú belle, piú vuote.

Il 14 agosto, quando già si faceva buio, erano arrivate a Berchidda, a un festival jazz di cui Dora aveva sentito parlare. Avevano cercato il campeggio sul monte, piantato la tenda senza accorgersi che era in discesa e Berchidda era un gregge di luci là in basso e le stelle uno sciame nel nero del cielo. Al bar del campeggio verso mezzanotte qualcuno aveva iniziato a suonare, Agata e Dora avevano bevuto mojito e parlato, erano tornate alla tenda che il sole iniziava a picchiare, avevano visto quanto era in discesa e avevano riso fino a farsi venire il mal di pancia. Poi avevano dormito scivolando giú e ritirandosi su, bachi da seta dentro i sacchi a pelo. Avevano girato campagne e monti, fra erba secca, cavallette, carrubi e querce, il silenzio divorato dalle cicale e da musiche per loro sconosciute; erano entrate in chiese piccole, avevano mangiato panini e panadas in paesi tristi di cemento bianco. Agata riusciva finalmente a sorridere, parlare con degli sconosciuti, ascoltare le note e non pensare ad Alessandro, a sua madre, a sua nonna.

L'ultima sera, in una strada in discesa, dietro la piazza principale, persone a capannello intorno a una decina di ragazzi e di ragazze che formano un cerchio, uno strumento che sembra un arco con una zucca e canti che assomigliano a un mantra. Al centro, due di loro, a turno, guardandosi negli occhi formano una danza di calci e capriole, si sfiorano e sembra entrino l'uno dentro l'altro senza mai toccarsi, un movimento ipnotico e sensuale, che lascia Dora come illuminata. Chiede a qualcuno: «Cos'è?» «È capoeira», le rispondono, e lei si dice capoeira, è per me. Ci ha pensato molte volte, negli anni, a quella prima roda che ha visto, quando non sapeva niente, quando aveva chiesto cos'è, quando si era innamorata.

Agata nel frattempo si era messa a parlare con il ragazzo che aveva risposto alla domanda di Dora, e lui e i suoi amici si erano uniti a loro quando erano andate in piazza a sentire il concerto finale, a ballare. Da anni non era attratta da qualcuno che non fosse Alessandro, e per alcune parti della serata aveva anche pensato magari mi bacia. Ma quando lui, già in campeggio, accompagnandola alla tenda, si era avvicinato per baciarla, si era girata, offrendo la guancia, vergognandosi, sentendosi in colpa. La musica non si era fermata, l'aveva guardato e aveva alzato le spalle, senza dire niente, lui l'aveva stretta per un attimo e se n'era andato verso i suoi amici, che ora lo prenderanno in giro, aveva pensato Agata, prima di entrare nella tenda, prima di sorridere guardando Dora che si baciava seduta su una roccia con uno che lei non ricordava di aver visto fino a quel momento.

Il festival di Berchidda era diventato per Dora e per Agata un appuntamento da rispettare ogni ferragosto. Ci vanno da dodici anni, magari solo per un giorno, e Dora ne è sempre felice anche se ultimamente, mentre ascolta i concerti e guarda in alto le stelle cadenti, le viene una malinconia sullo scorrere del tempo che non prova neanche a Natale, o per il suo compleanno. Aveva dormito in un sacco di case, al campeggio di su e in quello di giú, in mezzo al monte con la tenda e in mezzo alla campagna. Aveva amici del paese e altri dell'isola che incontrava solo lí. Amava quel paese affacciato sulla valle, il Limbara alle spalle, la cima del Monte Acuto, che sembrava disegnato da un bambino, la stazione dei treni, il bar del muretto e la piazzetta nascosta di Funtana Inzas.

Da anni poi, nelle estati dell'isola, Dora e Agata giravano per tutti i festival estivi, avevano ascoltato Capossela a Tharros e il blues a Sant'Anna Arresi, avevano ballato la musica elettronica a Guspini e il reggae a Banari e avevano dormito sulla spiaggia dopo un concerto dei CCCP a Santa Maria Navarrese. All'Argentiera si erano buttate in acqua mentre sorgeva il sole, a Jerzu avevano respirato l'odore della montagna.

Anno dopo anno conoscevano e ritrovavano altri che, come loro, vivevano sparsi per il mondo ma sempre tornavano d'estate sull'isola. Come un rito che li richiamava indietro e li teneva uniti.

11.

Dora e Agata passavano ogni anno una parte dell'estate assieme, in giro per la Sardegna o a casa di Dora ad Alghero, che lei aveva libera sempre perché i suoi genitori, a Calella, un po' di ferie riuscivano a prenderle soltanto a novembre. La casa, quando c'era Dora, era aperta per gli amici che arrivavano da ogni parte, oltre che per Agata e Matteo. A Matteo piaceva starci quando erano in pochi, al massimo tre, era un appartamento piccolo affacciato su una strada molto trafficata, e sempre gli faceva ricordare con rimpianto la villa al mare dei suoi genitori, a Santa Margherita, piena di stanze, di letti, lui suo fratello e sua sorella che raccoglievano i pinoli in giardino e si tingevano le mani di polvere nera. Le stradine di terra ricoperte di aghi di pino e di grida di cicale, in cui correre e sbucciarsi le ginocchia, sudare, andare scalzi, baciare le ragazze. Estate dopo estate, la schiena spellata, i baffi sottili sul labbro, le vespe. E ancora tutti gli anni dell'università, a ospitare gli amici continentali, le ragazze, quando riusciva a farsela prestare dai suoi. Dal padre, soprattutto, che diceva sempre che se avesse potuto ci avrebbe vissuto tutto l'anno a Santa Margherita, altro che Genneruxi, il quartiere di Cagliari in cui abitavano. Chissà quanto manca a lui, quella villa, che con i suoi soldi l'aveva comprata e quando poi i soldi gli sono serviti l'ha dovuta vendere, e non smette di farsene una colpa, anche se non ne parla mai. Matteo vorrebbe ogni tanto riuscire a fare una battuta, invece è riuscito solo a dirgli, una volta: «È andata bene, papà, hai chiuso senza avere debiti e di casa abbiamo questa», ma gli è sembrato che stesse per mettersi a piangere e lui non riusciva a vedere suo padre piangere, ed era già accaduto: la sera del 28 dicembre di quattro anni prima, giorni di festa che da un po' di tempo lui non passava piú a casa dei suoi, ma quell'anno il padre aveva insistito e insistito finché era tornato ed era tornata anche sua sorella Federica da Londra. Giorni di festa in famiglia che lo infastidivano sempre, stava fuori il piú possibile, lasciando la madre con suo fratello Giovanni, la moglie e il bambino.

Il 28 dicembre, il padre aveva chiesto a tutti di cenare assieme, era sembrato un ordine e tutti lo avevano accettato, ognuno a modo suo chiedendosi il perché. Il perché era che doveva dire, la tavola con la tovaglia rossa, rossi i resti del sugo della fregola con le arselle nei piatti, rosso piú scuro il vino che tutti, tranne la madre, bevevano anche con il pesce, doveva dire che il negozio non ce la faceva piú, che lui non ce la faceva piú. Era molto calmo il padre mentre diceva alla sua famiglia numerosa e per una sera di nuovo unita che era vero che i cd non li comprava piú nessuno, e neppure gli impianti stereo, era arrivato il momento di chiudere anche il negozio di via Manno, il primo dei quattro che avevano aperto fra gli anni Ottanta e Novanta, e poi iniziato a chiudere dal 2000. Aveva parlato a lungo e lentamente, senza mangiare altro, come anche la madre e Matteo, e dopo aveva pianto. In silenzio, all'inizio, che Giovanni e la moglie, impegnati con il bambino, non se n'erano accorti, poi con i singhiozzi, che avevano fatto ammutolire e congelare i corpi di tutti in un movimento teso verso di lui, che nessuno aveva compiuto. Si erano messi invece subito a parlare, e le parole erano di affetto e comprensione, è incredibile come non ci siamo scannati per quel poco che rimaneva, pensava Matteo ogni volta.

Suo padre aveva voluto fare quel discorso dopo il 25, per non rovinare le feste, ma prima del 31, in modo che tutti loro potessero fare dei buoni propositi per l'anno che arrivava. Matteo, che aspettava, per febbraio, l'ennesimo concorso all'università per un posto da ricercatore, ma sapeva già che non spettava a lui, aveva iniziato per la prima volta a informarsi su come insegnare a scuola, pur non essendo abilitato, facendo valere il dottorato e le pubblicazioni, svalutandomi, sto imparando come svalutarmi, aveva scritto in un messaggio a Dora. Dora l'aveva chiamato e gli aveva parlato del ruolo fondamentale della scuola pubblica, gli aveva detto quanto serviva uno come lui, ma neppure lei ci credeva, che uno come lui potesse essere utile nella scuola pubblica, sapevano tutti e due che Matteo era fatto per l'università, la didattica che da anni metteva in pratica era per i ventenni, era bravo nella ricerca, insegnare storia e filosofia alle superiori non faceva per lui. Gli aveva mandato una mail la notte stessa, per dirgli di non mollare, con l'università, fai tutto per la scuola ma non mollare, con l'università, fallo per me, per i nostri sogni, per i nostri talenti, per tutto quello che ci siamo detti in questi anni. Lui le aveva risposto subito, una mail con scritto «oh melodrammatica», e Dora aveva riso.

A poco a poco avevano preso a chiamarlo per delle supplenze, e aveva iniziato a dividersi fra i corsi all'università, che aveva ridotto, e le lezioni a scuola, che aumentavano sempre di piú. Quando aveva conosciuto Valentina stava anche lavorando a una pubblicazione importante su Carlo Emilio Gadda, cosí erano mesi che usciva solo per andare da un posto all'altro, si fermava al bar a colazione e mai all'aperitivo. Ma quella mattina a scuola aveva alzato la voce con una della seconda B che fino a quel momento non ricordava neanche come si chiamasse, ed era stata poi tutta una giornata triste, ragionando ragionando sul suo caratteraccio, su quello delle ragazzine, sui supplenti e sul ruolo fondamentale della scuola pubblica. Camminando lento sotto i portici di via Guerrazzi senza pensare era entrato nell'aria calda del suo bar preferito, si era tolto sciarpa e cappotto chiedendo una birra e senza guardare la ragazza seduta al bancone che guardava lui.

Valentina aveva aspettato che gli arrivasse la birra e poi gli aveva detto: «Ciao, ti ricordi? Eravamo al compleanno di Luca domenica scorsa». Matteo l'aveva guardata, aveva detto: «Non credo, saranno due mesi che quasi non esco di casa». L'aveva guardata di nuovo e aveva detto: «Ma sono contento di essere uscito stasera». Aveva finito la birra facendola ridere, pensando ho fatto proprio bene a entrare, sono stato bravissimo, quella frase era perfetta cazzo, e forse devo dire è stata ancora piú brava lei ad attaccare bottone, ottimo. La mattina, dopo averla scopata da dietro, di fianco, quando erano tutti e due ancora mezzo addormentati, le aveva detto: «Valentina io sono stato molto bene, tu mi piaci molto, ma io, vedi, in questo momento...» «Non mi stai mica facendo il discorso del cuscino?» l'aveva interrotto lei alzandosi. Prima di andarsene gli aveva scritto il suo numero su un foglio e l'aveva lasciato sul tavolo della cucina, mentre la coinquilina di Matteo aspettava il caffè scaldandosi le mani sui fornelli. Poi l'aveva baciato ed era uscita, chiedendosi se avrebbe fatto delle battute o dei commenti prendendo il caffè, come in effetti era accaduto. «Questa missà che non l'ho capita, Marta». «E se ti è piaciuta l'hai capito?» «Ho paura di sí».

12.

A ottobre a Cagliari ancora il sole è forte e fermo il vento, un sabato mattina Maria, una collega di Dora, la passa a prendere in macchina davanti alla Rinascente per andare alla spiaggia di Chia. Dora quella strada non l'ha fatta mai, il borgo di pescatori di Giorgino, la spiaggia lunga e grigia divisa da un pontile puntato in fondo al mare, petroliere e navi mercantili. Dall'altro lato stagni saline e fenicotteri su una zampa sola, il becco dentro l'acqua. Maria parla tutto il tempo e guida veloce, racconta di com'è cambiata questa costa da quando lei era piccolina. Dora aveva sentito parlare di Chia da Matteo: era il mare della sua infanzia, che lui e i suoi fratelli bambini e i loro genitori preferivano a quello di Santa Margherita, le aveva raccontato delle dune da cui spuntavano i gigli di mare, del colore dell'acqua e del momento in cui sulla spiaggia, la sera, rimanevano soltanto loro e i gabbiani.

A Dora viene in mente quando, ad agosto, Valentina li ha raggiunti ad Alghero e l'hanno portata a fare il giro delle spiagge, una volta che, a Stintino, sono rimasti a bere birre fino a quando è arrivata la luna, saltando arancione e gigantesca sopra il mare. Sono stati giorni forti, loro due, che non si conoscevano, tese e diffidenti, Matteo innamorato e allegro come Dora non l'aveva visto mai. Non si accorgeva neppure del tono freddo che Valentina usava con Dora, della gelosia che muoveva ogni suo gesto, ogni suo sguardo.

L'unica altra ragazza che Matteo aveva portato in Sardegna si chiamava Lucia, avevano passato un po' di giorni a Sant'Antioco, anche con Agata, che conosceva l'isola in ogni caletta, ogni punta da cui guardare il panorama, ogni valle gialla di erba secca. La spiaggia di Coaquaddus era quella che le piaceva di piú, diceva che da lí sentiva l'Africa, le sembrava di vederla. In acqua, lei e Dora camminavano verso gli scogli, Dora le parlava delle spiagge del Mozambico, e dell'Etiopia, che dal mare è lontanissima ma il caldo era lo stesso che c'è qui, molto piú intenso di quello di Alghero. Da dietro la collina aveva iniziato a sollevarsi il fumo, un fumo denso e scuro che tutti i bagnanti avevano visto nello stesso momento. Lucia, l'amica di Matteo, dalla riva aveva iniziato a urlare, a dire: «Andiamo, ce ne dobbiamo andare». Né a Dora né ad Agata sembrava una buona idea, pensavano che se arrivava il fuoco era meglio rimanere in acqua, ma Matteo stava già raccogliendo gli asciugamani e le borse e in pochi minuti avevano raggiunto la macchina. Come loro molti altri, a raccattare ombrelloni borse frigo e seggiole, bambini e ragazzini, senza rimettersi i vestiti, se facciamo in fretta ci allontaniamo prima che arrivi qui, il fuoco, e l'inferno. Invece appena fuori dalla spiaggia, un altro fuoco, un altro incendio, fiamme alte sul bordo della strada. Cosí erano tornati tutti indietro, tutti di nuovo in spiaggia, le macchine parcheggiate. Tutti ad avere paura, a farsi coraggio, darsi consigli per proteggersi dal fumo, i baristi regalavano bottigliette d'acqua. Poi dall'altra collina un altro incendio, e alla paura si era unita la rabbia, chi è che dà fuoco alle montagne, ancora, ma perché, sembra impossibile. La sensazione, con il fumo scuro sempre piú vicino, l'aria irrespirabile, di essere in trappola, il non sapere cosa fare, la paura collettiva e quella personale, ci si aiuta ma poi alla fine si salvi chi può.

Dora aveva preso una birra al bar ed era entrata di nuovo in acqua, assieme ad Agata, mentre Matteo abbracciava Lucia che piangeva e a loro sembrava quasi comica. Poi erano arrivati gli elicotteri e i canadair e per ore avevano preso l'acqua dal mare e l'avevano buttata sui fuochi, fino a quando tutto si era spento, ed era rimasta la cenere degli alberi, gli arbusti, i pini. Allora Dora aveva pensato che quella sensazione l'aveva già provata: a Genova, il 20 e il 21 luglio del 2001.

Anche a Genova erano andati in quattro: Dora, Matteo, Agata e Ester, che allora conoscevano appena e adesso non vedevano da anni. Di quei giorni e quelle notti Dora ricorda tutto, ha sempre ricordato tutto, mai dimenticato niente. Ricorda i mesi prima, la tensione che si accumulava, i telegiornali, la sicurezza, l'esercito, le mutande stese da rimettere dentro le case, le tute bianche, *Q*, i consigli su internet: portatevi i limoni e delle bende, materiale da primo soccorso, i numeri degli avvocati. La preoccupazione del babbo di Matteo, che chiama Federica a Londra e le dice: «Se muore tuo fratello è colpa tua, che non l'hai convinto a non andare». Aveva smesso di parlargli e di mandargli i soldi, per tutto luglio. A Matteo faceva arrabbiare sia che suo padre pensasse che lui andava a fare gli scontri, sia che pensasse il contrario. Dora ricorda l'info point sul lungomare, accanto ai gazebo dove avevano pranzato. Genova da intravedere, mattoni, ghiaia, scogliere. Ricorda gli occhi azzurri del ragazzo che le aveva detto: «Per dormire potete andare al Carlini, che è uno stadio, oppure alla Diaz, che è una scuola». Ricorda che avevano scelto lo stadio per il caldo che faceva, sembrava meglio dormire all'aperto. Quanto l'aveva colpita l'organizzazione attenta ai dettagli. La manifestazione dei migranti, quel pomeriggio, i suoi pantaloni a righe arrotolati sopra il ginocchio,

Manu Chao con il tamburo, le chiacchiere e i canti con gli sconosciuti. Genova in comitiva. Giubilo. Anima viva. Quella notte era arrivato il diluvio, e tutti loro a dirsi era meglio se andavamo in quella scuola. La mattina dopo, il caldo feroce, la tensione che esplodeva, la città deserta, una signora anziana che sorride verso di loro dicendo: «Quanta bella gioventú». I primi lacrimogeni, la fuga verso una piazzetta con le bancarelle e un concertino, gli anarchici, altri lacrimogeni, gli elicotteri, essere riusciti a scappare, non aver preso i manganelli. E la notizia atroce che iniziava a correre veloce: hanno ammazzato uno, ne hanno ammazzati due, una straniera, un ragazzo schiacciato da un blindato. Era uno, era italiano, aveva ventitre anni, si chiamava Carlo: lo avevano ammazzato, poi lo avevano schiacciato con il blindato. Genova che non si dice. Tornare al Carlini e pensare questo posto può diventare una trappola, se entrano qui ci massacrano. Andarsene a dormire a casa di un amico di un'amica di un amico, solo loro tre, Ester di nuovo su un treno, che qui non si può rimanere. La rabbia della mattina dopo, le foto sui giornali, l'acqua lanciata dalle finestre contro il caldo, piazzale Kennedy, i lacrimogeni lanciati dagli elicotteri, il sangue e brandelli di vestiti sulle strade, le donne che aprivano i portoni. Genova sempre umana, presente, partigiana. Un litigio fra loro tre, in mezzo a una strada, hanno ragione quelli che spaccano tutto, è colpa di quelli che spaccano tutto. Raquel, un'amica di Dora di Barcellona, incontrata in un momento tranquillo del corteo, gli abbracci, le chiacchiere, dove dormi, alla Diaz, vediamoci piú tardi per una birra. Genova di grige mura. Distretto. La paura.

Neanche andare via era stato facile, da Genova, che ancora nel sangue ci urla.

13.

Matteo torna a casa, verso le sette di sera, con addosso una stanchezza che non è adatta a un lunedí di ottobre. Ha preso una classe completa in una scuola media abbastanza centrale, il giorno libero lo passa in università, per farsi almeno vedere, la domenica a finire il libro. Alcuni pomeriggi e alcune notti riesce a incontrare Valentina, e sono sempre momenti di quiete che lo ricaricano e alleggeriscono. Ne hanno tutti e due cosí paura che fino a ora sono riusciti a evitare le cose tipiche da coppia: il nervosismo continuo, le accuse, lo scaricare le tensioni l'uno sull'altra. Lei perché veniva da un fidanzamento cosí, lui perché ne aveva avuto solo uno, una vita prima, e non ne voleva altri.

Il pomeriggio è stato a una riunione della rete degli insegnanti precari, sentiva dolori che gli sembrava non fossero normali. Nell'aula accanto una riunione degli studenti organizzava le stesse giornate di protesta, entrambe cercavano i modi. Matteo ha pensato: «Io gridavo cose giuste e ora sono uno splendido quarantenne». «Hai presente *Caro diario*?» ha chiesto alla collega che aveva di fronte. Ha chiacchierato con lei mentre le persone iniziavano ad andarsene, della scuola e dei quarant'anni che ancora non hanno. Matteo le ha raccontato di una matricola che, in facoltà, gli aveva detto: «Almeno voi avete avuto Genova». Lei ha continuato a parlare di politica e ha concluso: «Non è piú al governo, ma i danni che ci ha fatto rimarranno a lungo». Hanno scoperto che si conoscevano già, si sono ricordati del periodo in cui si incontravano spesso all'Xm24, Matteo ha ritrovato nella mente i suoi capelli cortissimi e gli scarponi neri che sembravano enormi rispetto al suo corpo esile di cavalletta. Avrebbe voluto restare a bere vino bianco e sfiorarla ogni tanto come per caso, non lo ha fatto perché sapeva che comunque non avrebbe poi avuto voglia di toccarla, e perché aveva pensato a quante volte Dora si è lamentata degli uomini già fidanzati che flirtano ma poi alla fine ti mollano lí cosí. Matteo, come Dora, per anni e anni non aveva avuto una relazione che durasse piú di qualche mese, e avevano condiviso la stessa visione dell'amore come fenomeno intenso e brevissimo, del sesso come espressione di molteplici stati d'animo. Credevano nella magia degli incontri e nelle occasioni che non vanno mai sprecate. Matteo, secondo Dora, non era neanche particolarmente bello, ma rimorchiava sempre, adesso aveva perso molti capelli e li teneva sempre corti e sembrava un po' piú gobbo, ma conservava un bellissimo sorriso e soprattutto l'ironia, che lo salvava sempre.

Non è rimasto a bere vino bianco e a flirtare con la collega anche perché ha iniziato a sentirsi di nuovo male, doveva tornare, sdraiarsi.

Sul divano chatta con Dora mentre fuma un po' d'erba e aspetta Valentina.

Matteo e Valentina per molti mesi, piú di dodici, piú di un anno, si erano visti raramente e soprattutto per scopare. Scopavano benissimo. Si mandavano messaggi solo per mettersi d'accordo, alle undici, alle tre, a casa mia o a casa tua. Valentina aveva chiuso una convivenza di dieci anni e stava bene, dopo il lutto del primo periodo, nella sua vita nuova da single, che era quella di Matteo da quasi sempre. Un inverno sotto i piumini e un'estate sudata, i vestiti corti e le scollature. Mutande e reggiseni abbinati, il pizzo morbido, una volta, in primavera, un corpetto e le giarrettiere. Qualche volta dormivano assieme, facevano l'amore appena svegli. «Quindi ti sei fidanzato», gli diceva Dora. «Ma no, non mi sono fidanzato», rispondeva lui, pensando forse è per questo che la voglio ogni volta di piú, ogni volta piú a lungo. Il viaggio di luglio, in Sardegna, era stato solo perché entrambi erano lí in vacanza. Dopo ferragosto, di nuovo a Bologna, un pomeriggio di sabato le aveva chiesto se voleva uscire a cena, ed era stato stupito di quanto si sentisse a suo agio, di quanto fosse tranquillo, e contento. Erano andati a un concerto e poi in un locale e poi in un altro, fino a che aveva chiuso, ed era stato entusiasta di come lei stesse dietro al suo voler essere sempre l'ultimo ad andare a dormire, di aspettare la mattina un bicchiere dopo l'altro. Era una cosa che aveva esasperato Dora negli anni dell'università, sono le sei di mattina e siamo distrutti che cazzo te ne frega di stare ancora a bere? Aveva anche scoperto quella notte, di Valentina, ma possibile che non gliel'avessi mai chiesto?, che aveva due anni piú di lui, e mai avrei pensato che mi potesse piacere una di quarant'anni, ho sempre pensato che dopo i trenta le ragazze fossero già vecchie, comunque non piú scopabili. Invece Valentina per strada si giravano a guardarla. E adesso anche i difetti del suo corpo iniziano a piacergli, le vene delle cosce e la peluria della schiena, lo eccitano sempre i suoi seni, fra i piú grandi che ha avuto tra le mani, e il culo piccolo.

Si vedono piú spesso, con questo nuovo autunno, piú spesso passano assieme le notti e a poco a poco conoscono gli amici dell'altro. La cosa che piú lo sconcerta è che con lei parla, che le sta permettendo di conoscerlo davvero. Certe sere mi chiedo se è che magari mi sono innamorato.

14.

Agata, quando esce dall'ospedale con l'ecografia in mano, decide di andare direttamente al mercato a dirlo alla signora Pia, che aveva ragione lei, c'era stato un errore, il bambino che ha in pancia è un maschio. Pensa dovrei dirlo anche a Gianluca, magari Gianluca se sa che è un maschio ci ripensa, anche se a me ora non importa niente, non lo rivorrei nemmeno se tornasse, ma non riesco ad accettare questa immagine del bambino che cresce senza il suo papà. Manda un messaggio a Dora che le risponde che è felicissima, è meglio, cosí potremo crescere ed educare l'uomo migliore. Ne hanno parlato tante volte, di questa cosa dell'educazione dei maschi, dicendosi che spesso non sanno reagire al fatto che il loro ruolo sta cambiando come mai era successo prima, nei secoli, che hanno bisogno di modi nuovi di stare al mondo.

Adesso avrebbe iniziato a dirlo a suo figlio, come lo chiamo, se è maschio?, che bisogna imparare il rispetto dell'altro, delle altre e degli altri, che non c'è alternativa a questo, è la sola cosa che conta davvero. Gli avrebbe insegnato l'amore e basta, non la gelosia, non il senso del possesso. Che non gli venga mai la tentazione, l'istinto, la voglia, di leggere la posta della persona che ama, i suoi messaggi, il suo facebook. Che non gli venga mai la tentazione, l'istinto, la voglia, di trattenerla con la forza, che sappia accettare che l'amore può finire. Che stia attento alle parole e non ne dica mai di insensate e cattive, come ad esempio frocio, finocchio o pederasta o ninfomane, che capisca che le parole volano, è vero, come volano i proiettili o i razzi. Come porca, ad esempio, è proprio una porca, di sicuro è una porca, o puttana, quant'è puttana, si vede che è puttana, puttana porca e ninfomane. E spero che lo stesso gli insegnino a scuola, che siano d'accordo gli amici e i compagni.

Vorrei fosse felice, a quindici anni, che non pensi di essere solo, o a venti, che non pensi di essere vano, con i suoi buchi nella faccia riempiti d'argento. Che non impari la rabbia, che non si senta migliore degli altri.

La signora Pia la saluta a voce alta e quando Agata le dice del bambino continua a ripetere: «Oh, ma t'l'evi di, neh, séri sicüra». Agata ride con lei ed è felice che ci sia, la signora Pia. Faceva la spesa al mercato coperto di piazza Vittoria da quando, per la specializzazione, aveva lasciato il collegio ed era andata ad abitare in via Teodolinda. Vivere in centro le piaceva ma le mancava la campagna intorno al collegio, la strada per Abbiategrasso che puntava dritta verso l'orizzonte. Le piaceva però questa casa, la camera da letto grande con il tetto spiovente e una finestrella piccola che incorniciava la cupola del duomo. Le piaceva nonostante, d'estate, le zanzare, che guardava attaccarsi alla zanzariera sopra il letto, nonostante, d'inverno, la mattina le coperte fossero impregnate dell'umido che ricopriva tutto, nonostante la minuscola vasca da bagno con il gradino e il lavello per i piatti troppo piccolo che per lavare una pentola schizzava dappertutto. I primi due anni ci aveva abitato con dei coinquilini, cambiavano sempre, ne erano passati cinque. La vita in collegio era stata comoda e un po' finta, fitta di regole che non erano sue, di amicizie forzate. Aveva bisogno di occuparsi di una casa e ora lo faceva e imparava a gestire le bollette, la spesa e le pulizie, le cose quotidiane. Dora la prendeva in giro per questo, lei lo faceva dall'inizio dell'università, e in fondo lo faceva anche prima, con i genitori troppo distratti dall'albergo che si scordavano anche di fare la spesa. Era già da qualche anno, e molto grazie a Dora, che Agata frequentava la vita degli studenti fuori sede, quelli normali, non quelli dei collegi. Bagni sporchi, lavandini otturati, pastasciutta al sugo pronto o al tonno. Molto alcol e molto hashish. La frequentava a piccole dosi, alternandola a quell'altra vita dei suoi colleghi di Medicina che vivevano quasi tutti nei collegi e avevano ville in montagna o al mare in cui andare il fine settimana. Aveva scoperto dell'esistenza di case, come quella in fondo a corso Garibaldi, in cui avevano vissuto, nel tempo, tantissime persone che andava conoscendo, studiando nei cortili della facoltà di Lettere e di Scienze politiche, fra le magnolie maestose e i loro fiori rigonfi. I baretti vicino all'università, la mensa, la piazzetta con le torri inclinate. Le case con i ballatoi e qualche terrazza. Era una Pavia diversa da quella dei quartieri intorno all'ospedale, dall'ospedale stesso, che era una piccola città nella città, e le piacevano entrambe.

Gianluca l'aveva conosciuto al *Sottovento*, era l'unico che andava lí a bere rum e pera con la camicia e la giacca e le aveva detto subito, come a giustificare il suo abbigliamento, che studiava Giurisprudenza perché voleva fare l'avvocato per difendere i compagni. Glielo aveva detto toccandosi i capelli e guardandola negli occhi; era di giugno, c'era nell'aria l'odore dei tigli. Non si erano piú visti fino a settembre, quando, un pomeriggio, le aveva mandato un messaggio per sapere se era tornata e l'aveva invitata per un tè. Agata aveva subito riconosciuto l'appartamento, lo stesso in cui, piú di dieci anni prima, era andata a letto con un tipo che incrociava da Mario, non l'aveva mai fatto, andare a letto con uno cosí, tanto per fare, quelle son cose che fa Dora, io non ne sono mai stata capace. Avevano scopato nel letto del coinquilino, il suo materasso in balcone ad asciugare perché ci aveva pisciato il cane, e niente con lui le era piaciuto. Dopo si erano incollati alla tv a guardare le immagini dell'attentato alle Torri Gemelle, nelle edizioni straordinarie dei telegiornali. Per strada continuava a ricordarsi quel giornalista che diceva: «Si cerca plasma sanguigno dappertutto», si era chiesta cosa stesse capitando al mondo, che cosa si dovesse fare adesso e continuava a chiederselo, piú di dieci anni dopo, mentre saliva le scale con Gianluca, sperando di fare l'amore con lui. La mattina dopo, andando in ospedale, era luminosa e sorrideva a tutti, chiacchierava con il barista e l'edicolante, i colleghi e gli infermieri, e si diceva che lui era quello giusto e si chiedeva anche come avesse fatto a stare tanto tempo con Alessandro, che la toccava appena e non l'aveva mai leccata tra le gambe, in tre anni quasi che erano stati assieme.

15.

Ottobre a Bologna ha giornate chiare che fanno venire voglia di prendere la macchina e andare per i colli a vedere le foglie degli alberi cadere. Una domenica mattina Matteo e Valentina si svegliano e si siedono a fare colazione ai tavolini di un bar in una piazza piccola dietro il Duomo, leggono i giornali e se li scambiano. Al tavolo di fronte un ragazzino dice a suo padre: – Avevi detto che ci saresti stato –. Valentina gli indica la finestra di un appartamento in un palazzo alle loro spalle: – Lí ci ho abitato cinque anni, – gli dice. È bello sapere che hanno ancora tanto da raccontarsi, degli anni in cui non si conoscevano. Degli anni in cui Matteo studiava nelle aule di via Zamboni, discuteva alle riunioni del collettivo, si tagliava i capelli cortissimi lasciando due dread lunghi sulla nuca. Accanto a loro una bambina che ancora non si regge bene sulle gambe dà un biscotto a un cane nero molto piú grande di lei che glielo prende piano piano dalla mano, poi vede Matteo e gli va incontro scodinzolando, Matteo lo accarezza, dice: – Ciao Zeta, non sapevo avessi una bambina. – Si chiama Nina, – risponde Roberto avvicinandosi, poi saluta Matteo e si presenta a Valentina. Non sa niente Valentina, per esempio, di Roberto, che è stato il suo coinquilino per tre anni nella casa di via Andrea Costa, quando faceva il dottorato, di Zeta che se la lasciavi sola tutta la notte distruggeva scarpe e cuscini. Non sa delle loro stanze con la polvere che si accumulava e mischiava ai peli di Zeta, degli articoli del «manifesto» che Matteo ritagliava e conservava, di tutte le canne che si erano fumati parlando di multinazionali e consumo sostenibile, del cambio climatico e della Palestina. Roberto vive a Berlino e lui e Matteo non si vedono da quando, due anni prima, dopo l'ennesimo concorso all'università che doveva vincere qualcun altro, Matteo l'aveva raggiunto, per provare, cosí diceva: aveva fatto un biglietto di sola andata, era tornato dopo dieci giorni.

La prima volta che Matteo era stato a Berlino, era il 2009, febbraio, era grigio ma non pioveva e il freddo era sopportabile, era andato a passare un fine settimana con Carla, una con cui si era visto qualche volta l'anno prima e che poi si era trasferita laggiú. Avevano visto il muro, l'angelo di Wim Wenders, le opere di Blu per le strade. Matteo aveva parlato con amici o conoscenti o sconosciuti suoi coetanei italiani e tutti abitavano in appartamenti enormi e soleggiati che costavano pochissimo, avevano lavori ben pagati con contratti regolari oppure un sussidio di disoccupazione che era piú della sua borsa di dottorato, avevano biciclette con il freno a pedale e ogni sera si ritrovavano in un locale diverso, tutti fighissimi, e il fine settimana andavano a ballare fino al lunedí mattina, rimorchiavano sempre.

Quando ci era tornato, due anni prima, dopo la delusione di quel concorso, con l'idea di trovare anche lui una casa enorme e il lavoro con cui avrebbe finalmente svoltato, come diceva a sua sorella al telefono, aveva affittato una stanza su internet: costava poco, Neukölln, ottima posizione. Abitava assieme alla proprietaria, Brigitte, che aveva una vestaglia a fiori e le ciabatte, un gatto bianco molto peloso, la casa aveva odore di gatto peloso e di fumo. Era fine giugno e i primi giorni c'erano trenta gradi, Matteo era contento pensava sono tutti luoghi comuni quelli sul clima, è estate davvero. Roberto era contento anche lui di ritrovare il suo vecchio coinquilino a Berlino, gli aveva prestato una bicicletta con cui Matteo se ne andava in giro a caso per scoprire le strade. La seconda notte a casa di Brigitte, prima di addormentarsi, aveva pensato domani mi sveglio e mi metto a mandare mail con il curriculum a tutti quelli che conosco. L'aveva svegliato, alle otto di mattina, un odore di cavoli e salsicce, Brigitte stava cucinando perché venivano i figli a pranzo, c'erano quattro pentole sui fornelli e dentro verdure e pezzi di pollo, roba che in quelle ore e con quel dispendio di energie e di odori un'altra avrebbe fatto una parmigiana una lasagna un maialetto arrosto il pane, aveva pensato Matteo. Era uscito, aveva mandato le mail dal tavolino di un bar con il wi-fi. La sera dopo aveva incontrato un'amica di Cagliari che viveva lí, laureata in Lingue, c'era anche una sua amica di Villacidro, laureata in Filosofia, ora fanno le commesse, i primi anni che vivevano a Berlino hanno pulito i cessi.

Matteo era tornato verso mezzanotte e aveva sentito Brigitte che litigava con un uomo in camera da letto, anzi aveva sentito un uomo che urlava e Brigitte che sospirava, poi Brigitte che sospirava e basta, non capiva se stavano facendo del sesso oppure si ammazzavano, aveva pensato che non sapeva neanche il numero dell'ambulanza, a Berlino, o della polizia, si era chiuso nella sua stanza e non era riuscito a chiudere occhio. Il terzo giorno si era svegliato che pioveva, c'erano otto gradi, era inverno, aveva pensato mmh, i luoghi comuni. Davanti alla finestra della cucina c'era un castagno gigantesco che si muoveva nel vento, se bevendo il caffè ti fermavi a guardarlo sembrava che fosse la casa a muoversi nel vento, ti veniva il mal di mare. Il quarto giorno era uscito con un coetaneo italiano che viveva lí, laureato in Architettura, lavorava nella segreteria di una palestra.

L'ultimo giorno aveva chiamato la sua amica Carla, che nel frattempo era tornata a Bologna, le aveva detto: «Carla, ti ricordi di Berlino?» Le aveva raccontato un po' di storie e avevano deciso che avrebbero fatto un film, del film l'importante sarebbe stato il trailer, che doveva essere tipo quelli di Maccio Capatonda: Hanno vite meravigliose! Hanno appartamenti giganteschi! Hanno stipendi alti e contratti regolari! Hanno le biciclette con il freno a pedale: *I millantatori*. Il film rivelatore e definitivo sui giovani italiani che vivono a Berlino. Le risate che si erano fatti gli avevano impedito di vivere quell'esperienza come un fallimento, se n'era tornato a Bologna dopo un ultimo fine settimana speso in molte ore al *Berghain* e in altrettante al *Club der Visionaere*.

Roberto intanto aveva finito il post dottorato alla Freie Universität e aveva iniziato a insegnarci, aveva trovato un appartamento non molto bello ma non troppo caro a Mitte e lui e Matteo si invidiavano un po' a vicenda: per non aver dovuto lasciare l'Italia, per averla lasciata e aver trovato il lavoro e aver conosciuto Berlino com'è per davvero.

– Solo una tedesca poteva avere il coraggio di fare un figlio con te. – Non è tedesca, è di Gioia Tauro. – Solo una terrona poteva avere il coraggio di fare un figlio con te –. Parlano, mentre Valentina gioca con Nina, di lavoro, di Bologna e di Berlino. Evitano entrambi di parlare del passato, Roberto soltanto chiede di Dora, con lei ci aveva provato senza sosta e senza successo per mesi. I tavolini del bar si svuotano e si riempiono, una cameriera con le unghie rosa shocking va avanti e indietro con i vassoi pieni di caffè, cornetti, spremute d'arancia. Quando Nina si spazientisce troppo Roberto la mette nel passeggino, fa un fischio a Zeta e se ne vanno, salutano con la mano, lasciando Matteo con una malinconia sottile che Valentina prova ad allontanare proponendogli un pranzo sui colli.

Tornano a casa di Matteo un po' brilli e molto allegri, fanno l'amore un po' di fretta e subito si addormentano. Il dolore alla pancia che sveglia Matteo non fa che aumentare fino a fargli mancare il fiato, Valentina gli prepara un tè caldo con il limone, gli dice stai tranquillo, saranno coliche, gli accarezza la fronte. Non sa cosa fare, chiamare un'ambulanza o andare al pronto soccorso, non c'è bisogno Vale stai tranquilla. Valentina non sta tranquilla fino a che si fa promettere che domani ti vengo a prendere a scuola e andiamo in ospedale.

16.

Dora lavora tutta la mattina nervosa e tesa: ha ricevuto una mail di sua madre che si lamenta dell'albergo, Mario non ha risposto al messaggio in cui gli chiedeva di vederlo, sarà un altro che sparirà cosí, come è arrivato, che mi importa, forse è solo che mi sta per arrivare il ciclo, forse è solo la luna che si sta facendo piena e, come dice Ana, quando hai le mestruazioni e c'è la luna piena se te parte el alma, e io ogni volta mi immagino quest'anima mia fatta di vetro sottile che si frantuma sotto l'argento della luna, diventa sangue denso che cola. Da quando è a Cagliari, poi, si allena poco e da sola in soggiorno, le manca la capoeira. I muscoli che si allungano nel riscaldamento, la precisione da cercare in un calcio, l'equilibrio in una aú e una bananera, le mancano le sequenze da ripetere finché non le hai memorizzate, il ritmo da seguire, le manca la stanchezza piena di adrenalina e la birra con gli altri del dopo allenamento. Le mancano le rode infinite, gli strumenti e i canti, il gioco con gli altri. Alcune sere la solitudine le sembra insopportabile e interminabili le ore. Vorrebbe fare un biglietto e tornare un fine settimana a Barcellona, parlare d'amore con Ana a un tavolino della Rambla del Raval, andare alla roda della Ciutadela. I soldi del suo primo mese di lavoro però non le sono ancora arrivati, sta vivendo con due lire risparmiate dall'estate, non può andarci adesso. Canta minha rainha sereia do mar não deixa o meu barco virar, mentre pensa a tutte le volte in cui è rimasta senza soldi, mia regina, sirena del mare, in cui il bancomat le diceva «Nessuna disponibilità», non permettere che la mia barca si rovesci, prestiti di emergenza chiesti ad Agata, che sapeva risparmiare e aveva iniziato a guadagnare presto, a Matteo, quando ancora ne aveva, a suo padre, o forse è non permettere che la mia barca torni indietro. Non è ancora finita questa carestia. A Barcellona, in dieci anni, aveva traslocato cinque volte, riuscendo a non spendere mai piú di trecento euro per una stanza: ronda de Sant Antoni, carrer Ample, carrer de Sant Pere Més Baix, carrer del Diluvi, di cui le piaceva molto il nome ma ci era rimasta solo tre mesi perché la stanza era cosí piccola che ci stava soltanto il letto e un tavolino sotto la finestra, affacciata su un lucernario, un celobert che cielo ne lasciava vedere molto poco.

Le manca adesso la luce della mattina presto in piazza San Felipe Neri, con i bambini che ci giocano in mezzo, e i riflessi della fontana e delle acacie. Le manca quella di mezzogiorno sulla piazza del Macba e quella di via Layetana, che percorreva in discesa in bicicletta, con il sole che tramontava alle sue spalle e colorava gli alberi delle navi al Port Vell. Le mancano le persone, Ana soprattutto ma anche Laia, Jaume, Pol, che lí sono l'Ana, la Laia, el Jaume eccetera, come a Pavia la Sara, la Laura eccetera. Le mancano Albert e Fernando, che era cileno e aveva imparato il catalano per rispetto del suo compagno, Luís e Martha, con cui aveva parlato a lungo dell'Etiopia, di Addis Abeba e i laghi nei vulcani, la savana e i villaggi con le capanne ricoperte da stoffe colorate. L'odore dell'incenso e della legna bruciata per cucinare, il caffè e la qat, il buio mai piú visto delle notti. A entrambe sarebbe piaciuto andarci una volta assieme, un día lo haremos, claro que lo haremos.

Dora le aveva raccontato che da bambina sognava di andarci a fare la missionaria, in Africa, nel periodo in cui pensava che si voleva fare suora, quando a tavola non potevi lasciare niente nel piatto perché in Africa i bambini morivano di fame. Minuta, piena di lentiggini, Dora sognava anche che arrivava l'Arcangelo Gabriele a dirle che era incinta del nuovo figlio di Dio, sognava che il nuovo figlio di Dio era una femmina, e lei sua madre. Si ricorda della festa che le aveva organizzato Martha per il suo compleanno nell'occupazione in cui viveva, delle signore etiopi, eritree, marocchine, ecuadoriane e pachistane che avevano cucinato per lei, i bambini che correvano fra le loro gambe. Di come si fosse sentita felice e a suo agio quella sera, con lei e fra la sua gente, ecco, mi ero sentita in mezzo alla mia gente.

Stasera le manca tutto e le sembra strano guardare agli anni di Barcellona, le appaiono immobili e contemporaneamente precipitosi, in picchiata verso il giorno in cui è partita lasciando lí metà delle sue cose, moltissime lacrime e la classica saudade.

Di Barcellona ora mi mancano anche le strade in cui ho camminato con te. Come in quei mesi di inverno in cui tu eri dappertutto. Quei mesi disperati in cui non mi rassegnavo. Ci siamo rivisti a marzo, mi hai cercata come nulla fosse, io mi sentivo forte e ti ho portato a pranzo a Gràcia, eravamo usciti senza cappotto e già c'erano i tulipani nelle aiuole. Ero serena e forse felice, mi svegliavo sorridente pensando se per te non è tempo, ti aspetto.

17.

Quando Agata aveva telefonato ai genitori per dire che era incinta e che avrebbe avuto il bambino da sola perché Gianluca non ne voleva sapere, aveva sperato che rispondesse suo padre. L'aveva detto alla madre, invece, che aveva urlato e le aveva detto parole dure e cattive, dura e cattiva, ed era sua madre, parole come «probabilmente l'hai fatto apposta per ferire me». Le aveva detto anche che era meglio se non si faceva vedere in paese cosí. Cosí. Aveva passato l'estate nel caldo di Pavia che le si appiccicava addosso e si mischiava all'angoscia che le dava certi giorni la pianura infinita. Aveva passato l'estate a sudare e a piangere, stava molto tempo da sola, l'unica persona che vedeva era Amelia, ogni tanto vomitava. Poi suo padre l'aveva richiamata per dirle: «Stai tranquilla, poi le passa, ti vogliamo bene», aveva imparato anche a mandare gli sms per poterle scrivere ogni giorno «Sei la figlia migliore che potevamo avere», «Babbo è con te» e anche «Sono felice di diventare nonno».

Per tutta l'estate non aveva sentito Gianluca. Dopo il primo periodo di mail e messaggi, qualche telefonata per tentare di capire, di spiegare, provare a convincerla a non tenere il bambino, era sparito, in fondo ha ragione Amelia a dire che era una storia già finita. Per due anni Gianluca aveva lavorato in uno studio a Rozzano, faceva il pendolare e consumava i giorni per settecento euro al mese, non aveva contratto e non aveva le ferie. Agata guadagnava bene già dalla specializzazione e lui faceva continuamente delle specie di battute per sottolinearlo, e lei continuamente glielo rinfacciava, anche se sapeva che non era certo un buon modo per affrontare le cose. Sapeva che aveva ragione Dora quando diceva che non ci dovremmo paragonare a nessuno, eppure. Gianluca aveva deciso di dire a quelli dello studio tutto il male che pensava di loro e di trovare un posto migliore, magari fare vertenza, gli faccio vertenza sicuro. Dopo un primo periodo di entusiasta e continua spedizione del curriculum però aveva iniziato a passare le giornate a guardare serie tv americane, usciva per l'aperitivo e quando tornava le sue labbra sapevano di vino rosso e cocaina.

La cocaina Agata aveva iniziato a trovarla anche sul tavolo del soggiorno, e ci aveva messo molto a capire che per Gianluca era diventata un'abitudine. Dopo discussioni lunghe e sfiancanti, «stai calma, Agata, è solo un po' di bamba», «non è solo un po' di bamba, Gianlu, è che io lavoro tutto il giorno e torno qui e ti trovo buttato sul divano, mi son stufata», Agata se n'era andata di casa, «è solo una pausa, io ti amo e voglio stare con te, ma prima ti devi ritrovare», e aveva smesso di prendere la pillola. Nei mesi successivi si erano frequentati come due del primo anno: andavano al cinema oppure Agata lo invitava a cena, qualche volta facevano l'amore ed era bello come all'inizio, o forse di piú, per questo gli permetteva di uscire all'ultimo minuto, per questo ignorava anche lei il preservativo.

I primi giorni di ottobre, Agata gli scrive una mail molto lunga, che legge e corregge tre volte, per dirgli del bambino e di Cagliari. Libera l'appartamento per la ragazza che ci andrà a stare e scrive sull'agenda tutto quello che deve fare prima di partire, compreso l'elenco degli amici da salutare. Decide che per i conoscenti basterà un saluto collettivo su facebook, mentre organizza un pranzo con le colleghe che sono anche amiche e una cena con sette persone. Passa molto tempo assieme ad Amelia, parlano dell'ospedale e dei colleghi, del nuovo rettore. Amelia è diventata anestesista e Agata le dice sempre che ha fatto una buona scelta, che gli anestesisti sono fra i pochi a essere ancora ben pagati e sempre richiesti. Vanno assieme a passeggiare in Strada Nuova e in via Manzoni e comprano tutine e maglioncini per il bambino. Conta che alla fine le persone che le mancheranno davvero sono cinque, le sembrano poche ma se ci pensa meglio sono molte, e preziose. Cammina il piú possibile per le sue strade preferite, attraversa il ponte cento volte, da e per Borgo Ticino, guarda il fiume camminando sugli argini.

L'aria è già fredda e si ricorda di quando con Amelia, in collegio, toglievano la brina dal vetro della macchina con una scheda telefonica, si ricorda delle schede telefoniche, dei gettoni, di quando da ragazzine con Maria Chiara andavano nella piazza dell'edicola a telefonare a un ragazzo che le piaceva, sua cugina diceva: «Pronto famiglia Porcu buonasera sono Maria Chiara posso parlare con Giorgio?», mentre lei controllava che non passasse nessun parente o conoscente. Se pensa a tutte le cose che sono cambiate da quando era piccola le gira la testa, le viene da chiedersi come comunicheranno lei e suo figlio, quando lui avrà diciannove anni e vorrà andarsene lontano. Le viene un pensiero malinconico sulla sua infanzia in paese, i giochi in cortile dopo *bim bum bam*, le biciclette e i pattini, la merenda alle cinque con un succo di frutta e un panino con formaggio, una serie di abitudini ripetute anno dopo anno, che suo figlio probabilmente non avrà mai. Non avrà gli orti e i cortili, s'ollu e axedu da succhiare, i cani che gli saltano addosso con le zampe piene di fango. Gli stivali di gomma, a novembre, per andare a cercare funghi oppure le lumache. Avrà altre cose, magari migliori, ma non queste, che sono state le mie.

18.

L'infermiere che lo accompagna a fare l'ecografia è uno di Pescara che Matteo aveva frequentato nel periodo di Genova e che incontrava ogni tanto per strada, nei bar. Era stato uno dei piú militanti, conosceva tutti, da Milano a Roma, dove andava spesso a seguire le assemblee. Matteo l'aveva alternativamente odiato e rispettato, qualche volta invidiato.

Poi in macchina, lungo i viali, Valentina gli racconta di quando i suoi genitori la portavano a giocare ai giardini Margherita e ottobre per lei era il mese piú bello, trovavi per terra delle foglie enormi da raccogliere e tenere in mezzo ai libri di scuola. Matteo pensa che anche a lui ai giardini Margherita piace andare in autunno, gli piace andarci a fumare in silenzio, lontano dal chiasso dei pomeriggi di maggio e di giugno. Lo pensa e lo racconta a Valentina, e anche che quando era uno studente gli piacevano invece molto quei mesi estivi, proprio per l'aria di festa e le ragazze con le canottiere. Poi Valentina si mette a parlare di quanto sia cambiata Bologna, ma a Matteo sembra un luogo comune, Bologna come tutto cambia e resta uguale, a cambiare è come la guardiamo noi, le cose che ami di lei e quelle che detesti. Lui, per esempio, da studente amava entrare salutando al giardino del Guasto e a quello dei tossici, negli anni in cui già si conoscevano tutti, la calca ai concerti al Tpo, il fumo dentro le osterie in via del Pratello. Adesso ama che la gente ancora ti parli nei locali senza conoscerti, sedersi a bere uno spritz ai tavolini dei bar per turisti di piazza Maggiore, le librerie e il piccolo bosco dell'Orto botanico.

Valentina lo saluta davanti al portone, ti chiamo stasera, Matteo ha fame e si sente bene, pensa che magari alla fine non ho niente, è solo lo stress. Sale in ascensore ricordando quello piccolo e chiuso di un palazzo di Alghero, a casa di amici di Dora: la sua mano in mezzo alle gambe un po' sudate di Valentina, aveva guardato il pulsante dello stop mentre sentiva l'erezione premergli i pantaloni e aveva avuto la tentazione di schiacciare quel pulsante e fermare l'ascensore, come nei brutti film. Che poi erano stati giorni un po' difficili, Valentina era arrivata in Sardegna la settimana prima con degli amici e l'aveva raggiunto ad Alghero, era rimasta quattro notti poi aveva ripreso la bici e pedalato verso sud. Fra lei e Dora non era andata bene, Matteo sentiva una tensione che lo agitava e non sapeva come gestirla, faceva una battuta dopo l'altra e sorrideva molto. Erano stati giorni anche felici, a portare Valentina al Lazzaretto e alla Speranza e obbligarla a dire che erano le spiagge piú belle che avesse mai visto, a guardare i colori del tramonto da Capo Caccia, come avessero un filtro di Instagram a farli piú accesi, e dopo tirare tardi in un bar di piazza Sulis. Valentina gli sembrava bellissima, era allegra e le sorridevano gli occhi un po' strabici e azzurri, lui era felice. Ripensa alla sua collega cavalletta, alla stranezza di questo momento in cui non gli riesce, non gli viene voglia, di rimorchiare. Tutta la questione della fedeltà, del tradimento, gli è sempre sembrata una cazzata, innaturale e dannosa. Non è a queste parole che pensa, pensa piuttosto a una specie di pace dei sensi che non richiede nient'altro. Gli viene da chiedersi quanto durerà.

Pensa a Dora che era sempre stata d'accordo con lui, pensa alla faccia che farebbe se sentisse i suoi pensieri. Tutti e due davanti alla bellezza non si sono mai saputi trattenere. Non ha mai conosciuto un'altra come lei, cosí uguale a un uomo, capace di perdere totalmente la testa per una faccia carina, per delle braccia muscolose e tatuate, capace poi di scordarsene o di cambiare idea la mattina dopo. Quante volte l'aveva vista illuminarsi, cambiare umore, essere d'un tratto splendida e irresistibile, perché in un locale entrava uno che per qualche ragione la colpiva. Dora però, si dice, al contrario di me, è capace anche di andare al di là della bellezza del corpo, la sa cercare in altre cose, io non ne sono capace.

Si ricorda di non aver risposto ai messaggi che gli ha mandato la mattina, le scrive che ha fatto tutto e ora aspetta i risultati, che se muore gli dispiace che non ha mai visto un concerto di Madonna.

19.

Domenica il cielo è coperto e Dora il pomeriggio esce a passeggiare, cerca di ricordarsi le strade, di non perdersi nei vicoli. In via Roma il maestrale fa volare i cappelli di paglia dei turisti sotto i portici, in via Dante muove i fiori della jacaranda che ricoprono di viola l'asfalto, in via Garibaldi, i negozi tutti chiusi, accompagna la sua solitudine fino a piazza Yenne, fino a un bar pasticceria in cui si sente a casa e un cameriere alto le sorride portandole il tè. Si accorge che sta evitando di pensare a Matteo, di fermarsi davvero a pensare a Matteo. Alle coliche che non erano coliche. Le ha raccontato del radiologo con gli occhiali rotondi che gli aveva detto, dopo l'ecografia, che c'era un piccolo tumore al rene. Gli scrive su whatsapp mentre guarda di nascosto il ragazzo dietro il bancone, si accorge, dai suoi capelli ricci, che somiglia a Paolo di Napoli. Conferma la sua teoria degli stampini che servono a comporre le facce degli esseri umani, che sono pochi e si mescolano e si ripetono nel tempo e nello spazio creando facce uniche ma a volte molto simili, anche se lontane nel tempo e nello spazio. Paolo di Napoli, e Andrea, sono sempre un bel pensiero da tirare fuori dalla memoria.

Dora, sei anni prima, era arrivata a Napoli in una sera di nuvole e vento, nervosa per una discussione con una donna sul treno, per la mutabilità del cielo e per il caos che l'aveva avvolta, alla stazione, non so perché non mi capitano mai delle città ordinate, pulite e quiete. Aveva camminato, seguendo le indicazioni che si era segnata sull'agenda e aveva mandato a memoria, e in via dei Tribunali, al numero 88, aveva gridato «Andrea!», come le avevano detto di fare, ché il citofono non funziona ma tanto ti sentiamo. Andrea si era affacciato un attimo, Dora aveva visto solo un muoversi di riccioli neri, aveva detto «quarto piano». Il quarto piano l'aveva fatta ansimare, con la borsa e i gradini alti e distanti, aveva chiesto subito dell'acqua. La casa aveva stanze grandi e mobili vecchi, una cartina del mondo sopra il divano, con le puntine a segnare i luoghi visitati, un ordine che le era sembrato insolito per degli studenti.

Andrea aveva aperto una bottiglia di vino, parlava molto e velocemente, con un accento che a volte Dora faceva fatica a capire, le dava il tempo di osservarlo, di chiedersi se le sembrava cosí carino solo perché aveva poco piú di vent'anni o se lo era e basta. Avevano invitato degli amici a cena, lui e il suo coinquilino Paolo, che l'aveva salutata sorridendo ed era tornato in cucina. Le parlava dei suoi studi e le sembrava un po' presuntuoso, ma anche simpatico, quando dalla finestra le faceva vedere la strada per arrivare in università, poi le mostrava la sua stanza, faceva battute e la faceva ridere. Fuori si era fatto buio, Andrea di nuovo si era affacciato alla finestra, aveva urlato «salite» agli amici. La cena era pasta con il sugo preparato dalla madre di Paolo e messo a scongelare il pomeriggio, il vino era molto e giravano le canne. Dora si era sentita accolta e al centro dell'attenzione, aveva chiacchierato molto con una ragazza che studiava danza, i capelli lunghi raccolti in una crocchia, un'ironia pungente e la voce roca e calda. Andrea la guardava e le riempiva il bicchiere, gli brillavano gli occhi e a Dora pure. Un po' parlava con

Paolo che era invece silenzioso e si muoveva lentamente, meno bello senza dubbio, piú serio. Si erano fatti tutte le solite domande, da dove vieni cosa studi quanti anni hai. Ventiquattro, ne aveva, e le sembrava timido, la guardava ma stava un po' in disparte. Se n'era andata a letto lasciandoli a finire le bottiglie degli amari, la sveglia puntata sulle sette, il pensiero ad Andrea, nudo, i suoi riccioli a scivolarle addosso.

Il convegno, la mattina dopo, era stato interessante e utile, Dora aveva conosciuto due docenti di cui aveva studiato i saggi, le avevano fatto i complimenti, piazza San Domenico era piena di luce e ragazzi, bancarelle e cani. Avevano pranzato in una trattoria di Spaccanapoli, due dottorande del dipartimento le avevano dato appuntamento per la cena, e se ne stava tornando a casa, contenta, quando aveva incontrato Paolo. Si erano salutati sotto il sole di fine marzo, lui aveva la felpa in mano e una maglietta grigia, Dora aveva guardato i muscoli delle sue braccia, il tribale tatuato sul bicipite. Anche i suoi capelli erano ricci, meno di quelli di Andrea e meno neri, è solo meno appariscente, ma bello è bello pure lui, aveva pensato camminando.

A casa aveva dormito un po', dopo essersi presa in giro, non sai neppure scegliere, lascia perdere, sei anche piú grande di loro, dopo essersi toccata immaginando di fare l'amore con entrambi. Comunque sotto la doccia si era passata la lametta sulle gambe, un po' dicendosi oh non si sa mai, un po' ma cosa stai pensando ma sei matta. Quando era uscita per andare a cena Andrea e Paolo non c'erano, quando era tornata erano in soggiorno, con gli stessi amici della sera prima piú un ragazzetto magro che le era sembrato, per il ciuffo che portava e per la voce che aveva, un cartone animato. Si era seduta sul divano, in mezzo a loro due, era un po' ubriaca e, come fosse naturale, senza una decisione del tutto consapevole, aveva iniziato a flirtare con entrambi, girandosi un po' verso l'uno e un po' verso l'altro, sfiorando la mano di uno e il ginocchio dell'altro, facendo in modo che se ne accorgessero, loro due ma non gli amici.

A un certo punto si era alzata per rispondere al telefono e li aveva visti che si parlavano piano, si lanciavano sguardi, perfetto, aveva pensato. Quando se ne erano andati tutti, loro tre, di nuovo sul divano, avevano girato l'ultima canna, poi Andrea si era alzato ed era uscito dalla stanza, mentre Paolo le afferrava la testa fra le mani e la baciava, bene e lentamente. Tenendola per mano l'aveva portata in una delle loro stanze, l'aveva fatta sdraiare su un letto grande e le mani che la accarezzavano, che le cercavano i seni, erano altre. Andrea la spogliava mentre Paolo continuava a baciarla, lei gli toccava i muscoli delle braccia e ne godeva, e faceva poi scendere le mani verso i jeans, glieli slacciava, prendeva il suo sesso in una mano, mentre Andrea la spogliava e lei pensava ecco, sta succedendo davvero, e sono cosí belli. Andrea aveva iniziato a leccarla fra le gambe e lei sdraiata, aperte le cosce, guardava i riccioli neri muoversi a tempo e poi la faccia di Paolo, gli occhi chiusi, mentre lo succhiava, poi quella di Andrea che li guardava. Lei non parlava e di loro due solo Andrea, poche frasi, prendiglielo in bocca, adesso il mio, girati, fatti guardare. Era meraviglioso, una meraviglia assoluta, sembra la scena di un film porno ma non lo è, è incredibilmente una cosa dolcissima, e io una regina.

Due volte a testa, loro due, erano venuti, e lei quattro. Dopo, fuori iniziava a diventare chiaro il cielo, si erano guardati e avevano riso, avevano scherzato, si erano sentiti tre ragazzini in gita, avevano parlato, si erano chiesti se era la prima volta, e lo era per Dora e per Paolo ma non per Andrea. Si erano addormentati tutti e tre su quel letto grande, lei in mezzo, con le braccia di Paolo ad avvolgerla. La mattina, con il sole, Dora aveva fatto una doccia e sistemato la borsa e prima di uscire li aveva baciati, Andrea aveva risposto leggermente infastidito, come se oramai fosse fuori luogo, quel bacio, già tutto finito. Paolo l'aveva invece baciata a lungo e abbracciata stretta, guardata come a dire non mi scordo, di te e di questa notte. Era tornata a Barcellona sorridendo, cantando pensiero stupendo nasce un poco strisciando.

Dora chiede il conto e quando saluta il cameriere gli sorride come stesse sorridendo a loro.

20.

A Bologna arrivano giorni di pioggia spinta giú in fretta dal vento. Quando Matteo esce dall'ospedale, i risultati della Tac nelle mani e nella testa, non sa dove andare, con chi parlare. Il radiologo con gli occhiali rotondi gli ha dovuto dire delle metastasi che ha visto nel polmone, ha dovuto parlare della necessità immediata di una visita specialistica, della possibilità di un'operazione e di un trattamento antitumorale.

Matteo si immagina dei topi che rosicchiano, si chiede da quanto tempo siano lí. D'estate certamente già esistevano e si aggrappavano al mio corpo, feroci e collosi come il caldo di Bologna, mentre io lavoravo al libro e prendevo pastiglie contro il mal di pancia. Si mette a camminare verso casa, davanti al supermercato incontra Valentina che ha comprato riso nero e gamberetti per la cena. È contento della sorpresa ma non riesce per tutta la sera ad allontanare la preoccupazione, e la tristezza che gli viene per lei, per quello che le sta toccando vivere, dovrei dirle che la amo. Pensa quando starò male davvero, lei da sola non basterà. Quando stai male davvero, come quando fai un figlio, ti manca una madre che ti mette in ordine la casa, un fratello che ti fa un po' di spesa. Quasi quasi ha ragione mio padre, sarebbe meglio tornare a Cagliari, farsi curare accanto a loro. Sarebbe bello, ora che ci sono anche Dora e Agata, ma impazzirei a vivere coi miei, piú ancora se sto male.

Passa i giorni prima dell'operazione a sistemare le cose con la scuola, sta molto tempo su internet, scrive degli stati di facebook che fanno ridere e piangere Dora, smette quando iniziano ad arrivargli i commenti di quelli che raccontano che anche loro hanno avuto un cancro, del fatto che si può sconfiggere il cancro, che deve combattere, gli scrivono forza, in maiuscolo e con i punti esclamativi. Si dice che può approfittare di questo tempo per finire il saggio che sta scrivendo, cosí si rimette a leggere Gadda. Avrebbe voluto, come la madre dell'ingegner Gonzalo, avere qualcuno vicino a sé, all'avvicinarsi della oscurità. Un'amica una volta, a Roma, l'aveva accompagnato al cimitero degli inglesi a vedere la tomba dello scrittore. Diceva che le piacevano molto i cimiteri e quello soprattutto, si sedeva accanto alla tomba di Gramsci a leggere per ore, quando c'era il sole, in mezzo ai gatti e ai fiori. A Matteo sembrava incredibile, girando con lei in motorino, che riuscisse a orientarsi, a trovare le strade, in quella città delirante.

Bologna invece è un fazzoletto e come si sa non ci si perde neanche un bambino. La prima volta che era passato in via Piella e gli avevano fatto vedere la finestrella sul canale era già alla fine del primo anno e si era chiesto come fosse possibile che non ne avesse mai sentito parlare. L'aveva portato lí un ragazzo calabrese che frequentava in quel periodo, uno che suonava la tastiera e a un certo punto se n'era andato sulle navi da crociera a fare il piano bar. Una sera, al secondo anno, si erano persi alla Bolognina, cercando un locale dove c'era un concerto dei Kenze Neke. Una notte, non molto tempo dopo, si era dovuto far accompagnare a casa da un ragazzo egiziano a cui aveva chiesto informazioni, un'altra volta l'aveva aiutato a trovare la strada una ragazza di Iglesias.

Gli si congela per un momento il cuore, al pensiero di lasciare Bologna, si ricorda che a Cagliari, da ragazzo, non si era mai trovato troppo bene, si ricorda i locali in cui ci si controlla a vicenda la marca delle scarpe, delle polo. Poi pensa ma forse è meglio morire al sole. Gli vengono in mente le immagini di Bob Marley, calvo e con le occhiaie, in una clinica tedesca coperta di neve, poi in una di Miami, morto lontano dalla sua isola. Pensa sarà meglio morire nella mia isola. Pensa era uno dei piú grandi, Bob Marley, non il piú grande come dice Dora, ma era grande, su questo ha ragione, anche se per il resto di musica non capisce un cazzo.

Matteo si accorge che veramente gli arrivano i ricordi piú improbabili, mentre sarebbero piú adatti pensieri necessari e solenni, in questa perduta sera.

21.

A metà ottobre Agata entra nell'ottavo mese. La pancia le pesa e le gambe le fanno sempre piú male, si deve fermare e appoggiare al muro per un capogiro mentre sistema delle scatole nell'armadio. Qualche volta ha paura. È una pediatra e si è informata bene, ha potuto scegliere la clinica di Cagliari dove partorire, la ginecologa e l'ostetrica che la seguiranno. Spera che non le debbano fare un cesareo all'ultimo momento. Non chiederà nemmeno l'epidurale, se ci riesce, anche se Amelia pensa che sia pazza, che questa è davvero un'esagerazione, non ti facevo cosí fricchettona, allora perché non partorisci direttamente a casa? Ma lei sente che questa esperienza magari non la farà mai piú, e la vuole fare tutta, fino in fondo, come sua madre e prima sua nonna e prima la sua bisnonna, pensa di non essere né fricchettona né irresponsabile, non c'entra partorire a casa.

Erano diventate amiche tardi, al terzo anno, prima si erano ignorate a vicenda, ad Amelia Agata sembrava una sempliciotta, ad Agata Amelia presuntuosa e viziata. Suo padre era un diplomatico e lei a diciannove anni aveva già vissuto in Francia, in Egitto, in Turchia e a Malta. Aveva sempre frequentato la scuola inglese e imparato il francese dalla madre. Aveva scelto di studiare in una città piccola come Pavia proprio per il bisogno di un radicamento che non aveva mai avuto. Era una delle poche che, come

Agata, non tornava a casa il fine settimana, ma dal primo anno era stata piena di amici e si era fidanzata con uno del Ghislieri, cosí in collegio non rimaneva quasi mai. Un sabato sera di inverno però si erano trovate tutte e due nella mensa quasi deserta, a scherzare con il cuoco, e avevano mangiato insieme e insieme erano state in camera di Agata a parlare e bere il mirto che le aveva mandato sua zia. Agata quel fine settimana aveva litigato un po' con Alessandro e non aveva avuto voglia di andare con lui a Bergamo dai suoi, era il periodo in cui iniziava a rendersi conto che facevano l'amore troppo poco, suo padre era finito in ospedale per un principio di intossicazione, per un incidente nella raffineria, e lei si svegliava ogni mattina verso le sei per vomitare e la faccia le si ricopriva di puntini rossi. Amelia aveva un po' di febbre e comunque era stanca e non aveva voglia di andare da nessuna parte. Avevano parlato a lungo, per la prima volta raccontandosi le vite, ed era stato un bel sabato sera. Nessuna delle due beveva molto e due bicchierini di mirto già bastavano per farle ubriacare un po'. A un certo punto Agata, tornando dal bagno, aveva trovato Amelia che, seduta per terra, le spalle poggiate al muro, si avvolgeva addosso una coperta, tirata via dal letto, e Agata le aveva chiesto che cosa stesse facendo ma lei non rispondeva e si muoveva a scatti, quasi contorcendosi. Agata, preoccupata, l'aveva afferrata per le spalle con dolcezza, lei aveva uno sguardo vuoto e diceva parole, frasi sconnesse, su Mattia, il suo fidanzato del Ghislieri, che a poco a poco erano diventate una storia. La storia di un ragazzo elegante e bello, campione di tennis, figlio di un notaio torinese, con cui stava assieme da due anni e che da due anni la picchiava. La storia di lei che prendeva pugni e calci, spinte che la facevano cadere, e in una frazione di secondo il suo cervello dimenticava e quando il giorno dopo si ritrovava i lividi si chiedeva dove avesse sbattuto, e quando. Quel poco alcol le stava facendo ritornare la memoria e rivivere tutto, comprese le lacrime e la paura, e a un certo punto aveva detto che forse, in fondo, se fa cosí è perché me lo merito. Agata aveva passato la notte intera a farla sfogare, piangere, a convincerla che lo doveva denunciare, e soprattutto smettila di dire che la colpa è tua. Lo scandalo a Pavia era stato grande e non era stato facile per Amelia sostenere il processo e i commenti e le opinioni di tutti, la rabbia della famiglia di lui, quella di lei. Ma loro due non si erano piú allontanate e non avevano mai dimenticato quella notte.

Questa notte cenano assieme nella cucina di Agata, parlano a lungo di partire e rimanere, delle radici e degli innesti, mentre la pioggia inizia lentamente a trascinarsi lungo i vetri.

22.

Ad agosto, per una settimana, Dora ha avuto quattro persone ospiti a casa ad Alghero: una coppia di brasiliani amici di amici che viaggiavano per l'Europa e due amiche di Roma che stavano girando la Sardegna in bici. Al quarto giorno già si è stufata, i brasiliani erano ospiti perfetti, andavano in spiaggia da soli e tornavano con le buste della spesa, ma facevano solo discorsi noiosi e banali, con le romane chiacchierava con piacere ma erano pesanti, aspettavano lei anche solo per una passeggiata. Una mattina li ha lasciati tutti che dormivano, ha preso la vecchia bici di suo zio ed è andata in spiaggia in città, a San Giovanni, in fondo al lungomare, fra i turisti e le mamme con i passeggini.

Erano anni che non andava al mare al Lido, le alghe avevano conquistato un altro po' di spiaggia, il loro odore di marcio era lo stesso che ricordava ma non si ricordava, invece, quanto la città e il golfo fossero meravigliosi visti da lí. Ha passato gran parte della mattina dentro l'acqua, per quanto non fosse né abbastanza limpida né abbastanza fresca, un po' per via del caldo e del sole, che non riusciva piú a prendere a lungo, un po' per quella coppia accanto a lei che rideva alle smorfie del bambino, e non aveva voglia di guardarli, di ascoltarli. Era appena un po' oltre lo stabilimento in cui avevano lavorato il padre e la madre fino ai suoi quindici anni, poteva vedere il ragazzo con i capelli rasati ai lati che sistemava le sdraio e gli ombrelloni e la signora che serviva al bar, non c'era mai stato un bar, suo padre portava la borsa frigo con l'acqua, le birre, l'insalata di riso, la frutta. Non si intristiva piú, come i primi anni che era via, per i ricordi e per il passato, pensava sarebbe triste se non l'amassi piú, la meva Alguer, e invece m'encanta, un incanto perpetuo, nonostante il casino che c'è ad agosto, nonostante le periferie brutte che hanno costruito, gli alberghi troppo alti e il cattivo gusto dei gestori dei locali.

Lei e i genitori erano partiti proprio a fine agosto, l'estate dei suoi quindici anni, l'estate in cui erano successe troppe cose per poterle riassorbire, un agosto caldissimo fino alla fine, ma con cieli grigi e densi e senza vento. Lo strappo era stato feroce e per anni non gliel'aveva perdonato, e cantava tuo padre e i suoi consigli che monotonia, lui con il suo lavoro ti ha portato via. Suo padre le diceva: «Vedrai che sarà come qui, a Calella, c'è Barcellona vicina, c'è il vento c'è il mare e parliamo quasi la stessa lingua». Sua madre con lei di questa partenza non parlava molto ma era allegra ed eccitata, si era comprata dei vestiti nuovi ed era andata dalla parrucchiera.

Dora piangeva ogni sera. Che fosse quasi uguale a qui non la consolava e anzi si arrabbiava, che senso ha, se è uguale a qui restiamo qui, diventeremo ricchi almeno? Suo padre le rispondeva che sí, se andava bene sarebbero diventati ricchi, e allora avrebbero avuto una cosa loro, tutta nostra senza capi né padroni, e questo non ha prezzo. A non avere prezzo per Dora erano le compagne e i compagni di scuola, le corse in bicicletta sulla banchina del porto, i nonni, la sua casa. Se almeno fossero andati in America, o in Olanda, in Francia o in Inghilterra, avrebbe avuto un senso, l'idea della copia, certamente brutta, della sua isola, non era digeribile. Li aveva odiati, quell'estate, il suo papà adorato e la sua mamma difficile, passava tutto il tempo in giro, da sola con la bici o con le amiche, a volte, la sera, anche al molo con i maschi, a sperare che prima di partire Francesco la baciasse. Oppure chiusa nella sua stanza a scrivere il diario e leggere Hermann Hesse, Kahlil Gibran, Richard Bach. A studiare lo spagnolo, per non farsi prendere in giro quando sarebbe arrivata a Calella. Nessuno le aveva detto che in quella parte di Spagna lo spagnolo lo sentivi solo alla televisione, che tutti parlavano catalano, che la scuola era in catalano, dalla storia alla matematica, le ore di spagnolo erano tre, come quelle di inglese. Pensava, come i suoi genitori, che il catalano fosse come per loro l'algherese, per i sardi il sardo. Pensavano anche che l'algherese, che è pur sempre catalano, li avrebbe aiutati. Invece Dora quando diceva le poche frasi che sapeva si sentiva ridicola, si rendeva conto di quanto la pronuncia fosse diversa, le facevano notare che usava parole che tampoc la meva àvia tia, nemmeno mia nonna. L'aveva odiato il catalano, a lungo, assieme a Calella che le sembrava orribile, aveva odiato l'albergo e i suoi compagni di scuola, che la prendevano in giro o la ignoravano. Aveva fatto amicizia con una ragazzina figlia di una coppia dell'Estremadura che si chiamava Sonia e viveva come lei dentro l'albergo e soprattutto con Leila, che abitava nei palazzoni vicino alla stazione ed era arrivata lí dal Marocco quando aveva cinque anni. La mattina si incontravano nella piazza del Municipio e facevano la salita verso la scuola; condividevano la pesantezza degli zaini, la sensazione di non essere comprese né accettate, la voglia di spezzare il collo ai manichini dietro le vetrine. In primavera e in estate se ne andavano a fare il bagno in fondo alla spiaggia, davanti al cimitero, mostrando i loro corpi senza grazia soltanto a loro stesse, lontane dai gruppi con lo stereo e i racchettoni.

A Dora il mare lí sembrava ancora piú infinito, era di un blu piú scuro, non era mai pulito. Il sole non ci cadeva dentro, al tramonto, ed era passato molto tempo prima che lo vedesse sorgere dall'acqua, all'alba. Con Leila e Sonia parlava in spagnolo, Sonia correggeva le altre due e lei e Leila correggevano Dora quando dovevano parlare catalano. Dora, a poco a poco, si accorgeva che si divertiva a trovare le analogie fra queste lingue che sapeva, l'algherese, il catalano, il castigliano, l'italiano e il sardo campidanese di sua nonna Isidora. Iniziava ad appassionarsi e a pensare voglio fare questo nella vita: imparare le lingue degli altri, farle diventare mie. Le cresceva dentro anche, in quegli anni delle superiori, che lí erano divise in corsi dai nomi buffi come Bup e Cou, un desiderio forte dell'Italia, quella vera, quella continentale, che lei, cresciuta nell'isola, non conosceva. Per questo per l'università aveva scelto Pavia, da dove poi, però, aveva avuto molta nostalgia della Spagna, ed era tornata a Barcellona. Le era cresciuto, con gli anni, anche il desiderio forte di viaggiare, di conoscere altri luoghi. Aveva pensato molte volte che ce ne vorrebbero dieci, di vite, per vivere un poco dappertutto. Pensa che forse questa cosa le viene dalla madre, forse addirittura dalla nonna, che da un paese del Campidano se n'era andata in sposa a un giovane di Alghero, e aveva voluto la casa di campagna, di quella famiglia molto piú ricca della sua, per continuare a fare crescere alberi e verdure e fiori, come sempre aveva fatto. Aveva dovuto imparare un'altra lingua, ma aveva insegnato al marito la propria, per non dimenticarla, poi anche ai figli e un po' anche a Dora, a cui era sempre piaciuto molto il sardo meticcio e dolce della nonna.

Clara, sua madre, aveva fatto quei dieci chilometri che la separavano da Alghero ogni giorno per anni, in macchina con suo padre oppure in motorino, per andare a scuola, dalle elementari fino alle superiori. L'istituto alberghiero era in un palazzo da cui si vedevavo il mare e la torre spagnola davanti alla quale una mattina di giugno, l'ultimo giorno di scuola, aveva conosciuto Bruno. Era il 1978, lei aveva sedici anni e lui diciannove, Bruno e Clara: era tutto perfetto. Capelli lunghi e pantaloni a zampa, se ne andavano al molo con gli amici a fumare e suonare la chitarra, Bruno era un fan di Bob Dylan e Clara di Patti Smith, parlavano di musica e sognavano di andare a Londra. L'anno dopo, nello stesso periodo, Clara finiva l'anno scolastico e si preparava agli esami finali con il pancione di otto mesi e Bruno trovava lavoro in un ristorante del centro. A luglio si erano sposati, per volere delle famiglie, ed erano andati a vivere in un pezzo della casa dei genitori di Bruno, divisa in due per gli sposi giovanissimi e la loro bambina in arrivo.

La casa in cui adesso forse le romane e i brasiliani si sono svegliati, e Dora non ha ancora voglia di tornare.

Verso l'una il sole era troppo forte e lo stomaco troppo vuoto, cosí è risalita sulla bici e ha rifatto il lungomare, senza mani, come le piaceva. Si è fermata a mangiare una focaccia farcita e a bere una birra a un tavolino all'aperto, pensando alla sua vita e al suo travaglio, alla sua meraviglia, finché ha visto, seduto al tavolino accanto, un ragazzo che di profilo era identico a te, e accarezzava un ciuffo di capelli sulla fronte della sua ragazza, come hai fatto tu con me una volta a una festa, mentre mi dicevi che i capelli appena tagliati mi stavano de puta madre e che per te era bella questa storia che rimaneva in sospeso. Avevamo parlato stretti tutto il tempo e io scusa non ricordo neanche quello che ci siamo detti ero troppo impegnata a guardarti. Io delle volte non capisco niente e avevo pensato di nuovo ti aspetto, mettici il tempo che vuoi. Cantavo faccio la cazzata piú grande che ci sia: mi fido di te.

23.

La pioggia non smette di cadere e, dalla finestra della camera dell'ospedale, Matteo guarda le luci delle macchine illuminare il bagnato sull'asfalto e si ricorda dell'infanzia, come se un'immagine cosí l'avesse vissuta solo da bambino e non ogni inverno della sua vita. Il padre e la madre sono molto preoccupati, pensa non gliel'avrei dovuto dire, forse sarebbe stato meglio. Volevano partire subito ma li ha tranquillizzati dicendo che sarebbe arrivata Federica, adesso non vede l'ora. Lui e sua sorella Federica sono stati sempre molto legati, erano stati l'incubo di ogni babysitter e poi degli insegnanti delle scuole che avevano frequentato assieme fino alle superiori, a un anno di distanza. Matteo era stato il primo e a lungo unico depositario di quello che gli sembrava un segreto enorme e che aveva mantenuto per anni: a Federica piacevano le ragazze come lei. Dei negozi del padre avevano amato entrambi la possibilità di ascoltare la musica, di averla tutta a portata di mano, e gli strumenti musicali, che lei aveva imparato a suonare da sola, uno dopo l'altro. Forse Matteo non sarebbe andato via da Cagliari se lei non avesse vinto quella borsa di studio per musicisti, se non se ne fosse andata a vivere a Londra. Nessuno dei due ci aveva voluto lavorare, nei negozi del padre, lasciandoli a lui e a Giovanni, il fratello piú grande. Non vede l'ora che arrivi, Federica, l'unica in grado di farlo ridere fino alle lacrime.

Quando Valentina se n'è andata, dopo che le infermiere hanno gridato a lungo che l'orario delle visite era finito, ha sentito un vuoto che l'ha terrorizzato, dentro il silenzio della sera in ospedale, prima che portassero la cena: un colpo di tosse, un carrello che striscia, un gemito o un pianto. Magari muoio, pensa guardando la pioggia cadere con forza, chiedendosi come riuscire a fumare con questo diluvio la canna d'erba che si è portato. Non abbiamo ancora fatto i conti con la malattia nostra o degli amici, è la prima volta. Prima erano i parenti grandi, gli amici dei genitori. I nostri amici sono morti negli incidenti stradali, qualcuno ancora di eroina, qualcuno si è impiccato. Se muoio quest'anno vorrà dire che avrò passato esattamente diciannove anni a Cagliari e diciannove a Bologna. Ogni strada un ricordo, ogni piazza, cinema e bar. Tutti i luoghi che da ragazzo erano solo dentro i romanzi e le canzoni e poi piano piano sono diventati veri: il portico dei Servi e la Feltrinelli sotto le due Torri, i colli e le osterie di fuori porta. Piazza Maggiore all'alba, nel freddo di febbraio, due cornetti alla marmellata rubati dalle scatole fuori da un bar ancora chiuso, io e Carlotta a baciarci ogni due passi. La meraviglia della biblioteca dell'Archiginnasio. Via Valdonica una sera di marzo del 2002, che ci ero passato per caso e avevo sentito gli spari da lontano, quando avevano ammazzato Marco Biagi. Un concerto dei Sikitikis a cui ero andato con Dora quando già si era trasferita a Barcellona. Piazza Irnerio, dove avevo vomitato dietro un albero, una notte, nel periodo in cui abitavo lí vicino. Gli viene in mente una canzone e se la ripete nella testa, mi vestivo già male convinto che io non ero uguale, gli viene in mente Dora che ne sa una per ogni situazione, continua a cantare io quando avevo vent'anni ero uno stronzo.

Ho mille immagini davanti allo sguardo, fra il vetro e la pioggia, mille volti. È un pensiero che mi fa quasi urlare. Spero che arrivi presto il sonno e dopo la mattina e con lei Valentina, presto, che ho voglia di farla ridere e ascoltarla raccontare.

24.

Dora esce in anticipo perché vuole passare a comprare dei dolci per Agata. Davanti al portone incontra Maria, la sua collega, prendiamoci almeno un caffè, si siedono a un tavolino nella piazza rotonda, dietro di loro la palma si dondola piano nel vento come una donna che culla il suo bambino. Dora pensa che lei e Maria non saranno mai amiche, Maria è una di quelle persone che si frequentano in una città nuova, quando ancora non conosci nessuno, per non stare sempre sola e non per affinità. Parlano del lavoro, Maria le dice che lei in realtà si vuole licenziare, i suoi genitori hanno un negozio di abbigliamento famoso in via Dante e ha deciso, ora che sono anziani, di occuparsene lei, almeno è una cosa sicura, lo dice con rassegnazione mista a sollievo. Dora non ha negozi a cui tornare, né lo vorrebbe, si immagina di tornare da sua nonna, occuparsi dell'orto e della casa. Sa che è un pensiero come un altro, come pensare di tornare a Calella ad accogliere gli ospiti nell'albergo in cui lavorano i suoi genitori, o cercarsene uno a Londra, o tornare a Rio de Janeiro, alla pousada di Santa Teresa. Pensa sono stanca. Canta nella testa è solo un momento di crisi di passaggio che io e il mondo stiamo attraversando. I suoi genitori non ci sono mai riusciti, ad aprire qualcosa in proprio in Catalogna. Lavorano bene, ma sono sempre dei dipendenti e ogni volta che vede suo padre le sembra che quasi le chieda scusa, per non aver avuto dalla vita quello che voleva.

A Rio, quattro anni prima, era andata con la prima Ong con cui aveva lavorato, il capo urlava tutto il giorno, un progetto alla favela da Maré con cui era stata in disaccordo fin da subito. Si era licenziata dopo due settimane. Era rimasta in città, a Lapa, ospite di Alícia, una ragazza che somigliava incredibilmente ad Ana, anche se erano bianca l'una e nera l'altra. Dopo quattro giorni Alícia le aveva trovato un lavoro in una pousada, a Santa Teresa, il quartiere sulla collina sopra Lapa. Faceva le camere e serviva le colazioni, aveva una stanza sua che affacciava sul giardino, cosí la pousada era diventata la sua casa, per tutti e sette i mesi che era rimasta a Rio.

Una domenica sera di gennaio, la terza sera di pioggia, Dora avrebbe voluto svegliarsi con il sole e mettersi al sole ad asciugare, non una mattina uguale bagnata come il giorno prima. Venerdí era stato bello, l'inizio del diluvio, poi non aveva quasi piú smesso di piovere, il cielo grigio o arancione. L'acqua aveva iniziato a riempire le strade rotolando giú dalla collina, descendo a ladeira. In veranda la signora tedesca telefonava a qualcuno per farsi anticipare il volo ché la stava uccidendo, il clima di Rio a gennaio, le tre ragazze danesi guardavano un video sul portatile e al tavolo in fondo lo scrittore italiano disegnava da solo. Dora aveva la serata libera ma non le andava di uscire, era scesa anche un po' la temperatura e aveva sentito il bisogno della giacca, aveva avuto quasi voglia delle scarpe, non aveva piú messo un paio di scarpe da quando era arrivata. Si era sdraiata sull'amaca col portatile in grembo, le cuffie, su facebook qualcuno aveva postato il video di un concerto a Londra di Amy Winehouse, qualche anno prima. La sua voce e la sua musica, quel che capiva dei testi, le arrivavano come un'onda, potente e triste, cosí le era arrivata una nostalgia mai provata dell'Europa, un amore per l'Europa e per la sua arte, proprio qui, dall'altra parte del mondo.

Nel video del concerto, un'ora di concerto, Amy Winehouse non sorrideva mai. Come ti sentivi, che per la metà del mondo eri una meraviglia di donna, ma l'uomo che amavi non ti voleva. Come ti sentivi, che sapevi che tutti ti amavano ma tu non ti piacevi, il naso troppo grande, nello specchio a casa tua.

Mi sono immaginata di averti ospite qui, in questa pousada che è diventata il mio rifugio, e tu invece nel frattempo sei morta. Sei morta e l'hanno saputo tutti subito nel mondo. Ho immaginato una lacrima in ogni occhio di ogni persona incontrata nella vita, nei tuoi ventisette anni. Forse potevi restare anche tu a vivere a Rio, te l'avrei detto, se ti avessi parlato, ti avrei detto resta qui, la sai quella canzone, Rio pra não chorar, secondo me stavi meglio, se rimanevi a Rio, avresti riso anzi che piangere: se avevi fame ti mangiavi il Pão de Açúcar, se ti sentivi sola c'era il Cristo ad abbracciarti, anche se l'uomo che ami non ti voleva, se ti diceva non sei tu, c'è sempre un cristo che ti abbraccia, a Rio, se rimanevi, se non te ne andavi a morire d'estate.

Il vento sbatteva i rami del mango sull'incannucciato come a spezzarlo, preoccupava le scimmie e smuoveva il cielo scuro, non fermava la pioggia, lo scrittore italiano aveva sospirato, si era alzato, aveva detto: «Bella la pioggia, ma io vorrei andare al mare».

Dora guarda l'ora sul cellulare e si accorge di essere in ritardo, saluta in fretta Maria e va verso la macchina. Passando in via Roma fa una foto al porto e la manda a sua madre, scrive venite presto a trovarmi. Si scrivono di rado, sua madre le manda ogni tanto un messaggio: «Qui è ancora estate», «Oggi c'era un topo in hotel», «Tuo padre si è tagliato la barba». Pochi giorni prima ha scritto: «Finiti i lavori, idromassaggio e sauna piú grandi e piú belle». Chissà se si ricorda, sua madre, di una mattina di gennaio, l'hotel quasi vuoto, la pioggia fuori, se si ricorda di averci scopato con un uomo con una cicatrice in fronte, in uno degli spogliatoi della spa, mentre lei, sedici anni, il costume olimpionico, si affacciava al vetro della porta per poi girarsi di scatto e correre, correndo salire le scale verso il giardino, a gennaio, in costume, fino a casa loro, a camera sua. Dora ha ancora in testa Amy Winehouse e canta I told you I was trouble, you know that I'm no good, mentre, in macchina, esce dalla città costeggiando lo stagno, arriva in aeroporto comunque in anticipo. Aspetta Agata guardando le facce degli altri che aspettano: figli, nipoti, amici, fidanzati e amanti, finché vede i genitori dell'amica e si avvicina a salutarli.

25.

Agata, sull'aereo, si sveglia giusto in tempo per guardare Cagliari dall'alto, riconoscere la Sella del Diavolo che chiude la spiaggia del Poetto, la cattedrale e il Bastione, la Rinascente e la sua scuola. Guardare come brilla l'acqua dello stagno di Santa Gilla, in cui sembra che l'aereo atterri. Quando esce, con il carrello pieno di valigie, le viene per primo incontro suo padre, e l'abbraccia. Vede sua madre vestita elegante, una camicia bianca leggera sulla gonna blu, le scarpe con il tacco senza le calze. Le sembrano invecchiati di dieci anni. L'abbraccio di sua madre è veloce, non la guarda negli occhi. Non mi ha perdonata, pensa Agata, mentre parla del viaggio e racconta come sta. Pensa fa ancora molto caldo a Cagliari, mentre abbraccia a lungo Dora che le sta accanto, mettendosi un po' di lato per non schiacciarle la pancia. La madre le chiede di Gianluca, come niente fosse, come facendo finta che non si siano lasciati. – Non l'hai detto a nessuno, vero? – le chiede. – Certo che no, – risponde lei. Suo padre le dice all'orecchio: – È un vigliacco, figlia mia, meglio perderlo –. Lei adesso non è piú sicura di niente, neanche che sia un vigliacco, non poteva obbligare lei ad abortire ma neanche lei poteva obbligare lui a crescere un bambino, questo pensa negli ultimi giorni, questo dice a Dora mentre la guarda guidare tornando in città. – Ma cosa dici, Agata, queste sono le cazzate che dice Matteo, le cose si fanno in due, siete stati imprudenti in due, le responsabilità sono di tutti e due –. Agata si sente ferita e nervosa, si chiede se non abbia sbagliato a tornare in Sardegna, si ricorda di come a volte Dora riesca a essere insopportabile. Dora, leggendo il fastidio nel sospiro dell'amica, le dice: – Scusa, non volevo essere aggressiva, ma non prenderti colpe che non hai –. Agata dice: – Va bene, non fa niente, – e poi, per cambiare discorso, per spostare l'attenzione da sé a Dora, le chiede di lei, delle sue storie.

Dora guida piano, si lascia superare, dice: – Niente, non ci sentiamo piú.

– Ma te lo sei dimenticata?

– Certo, – rispondo, certo che ti ho dimenticato, certo che non penso piú che siamo fatti per stare assieme, certo che non faccio piú l'errore di ricostruire tutto nella mente, di farti i discorsi nella mente. Ho smesso di pensare, per esempio, a quella notte di tre estati fa, quando sentivo che non era ancora arrivata la fine, e cosí ancora ti ho cercato, con un messaggio, speravo di vederti al pomeriggio, davanti a un caffè, dirti tutte le cose che volevo dirti, speravo in qualche modo di tenerti. Poi ho preso la bici, era passata mezzanotte, quel caldo bellissimo che non ti serve neanche la giacca. Eri a Barcellona per pochi giorni e dormivi in quell'albergo della Diagonal, avevi una stanza con la terrazza, ci siamo seduti fra gelsomini già sfioriti e un piccolo limone, sotto scorreva lento il traffico. C'erano anche le stelle, i tuoi capelli bagnati dopo la doccia, i miei pantaloni per terra, nell'acqua che cadeva dai vasi. Ci hanno visto forse delle persone dalla terrazza di sopra e allora siamo entrati dentro e dentro sul letto il sudore e tutto il resto fino quasi all'alba, fino alla fine, fino a quando ti ho bevuto, ho ingoiato il tuo sperma e pezzetti di te, dei tuoi capelli i tuoi denti la pelle liscia della tua schiena, ho ingoiato i tuoi sorrisi veloci e le tue parole, le tue fragilità, te ragazzino davanti a tuo padre immobile e bello, te e i tuoi fratelli che fate impazzire tua madre, te che lavori e i muscoli delle tue braccia, ho ingoiato le volte che mi hai sussurrato sto bene con te e quelle in cui mi hai ignorata, quella volta in cui ero ubriaca e ti ho detto sediamoci che mi sento svenire e tu hai continuato a parlare senza preoccuparti, tutte le volte che hai detto ci sentiamo dopo e ci siamo sentiti dopo mesi, tutte le domande che non mi hai fatto. Ho ingoiato il tuo cuore, a tenerti comunque per sempre, anche se era l'ultima notte felice del mondo, l'ultima notte importante.

26.

Quando arrivano Agata si sdraia sul divano, beve una tisana e guarda la casa pensando che le piace, Dora la tiene pulita e sono belle le stoffe africane sopra i divani, arrivano le voci dei ragazzi dalla strada e se si affaccia al balconcino può vedere la palma dondolare. Mentre Dora cucina, Agata si chiede come sarebbe stata la sua vita se fosse rimasta a studiare e a vivere a Cagliari, se avesse abitato alla casa dello studente in via Trentino e lavorato al Microcitemico o all'Ospedale Marino, che conosce per esserci andata a fare visita a qualche parente o amico ricoverato. Controlla la mail con insistenza, nessuna risposta da Gianluca. Ha un appuntamento per il giorno dopo con la ginecologa che la seguirà in questo ultimo mese, pensa che sarebbe stato bello, già che è qui, far nascere il bambino all'Ospedale Civile, perché ci è nata lei e perché le piace l'edificio neoclassico che guarda i capperi arrampicati sulle mura di Castello e, dall'altro lato, i tetti di Stampace. Partorirà invece in quello nuovo, ci lavora una sua collega brava, e la parola partorire, partorirò, le rimbomba nella testa, le fa rivivere tutte le volte in cui, ai corsi preparto, ha parlato alle donne incinte, alcune erano giovani, la maggior parte tra i trenta e i trentacinque, molte erano immigrate; alcune con il loro compagno altre no. Pensa a tutti i consigli dati, su come respirare e come non aver paura, e adesso tocca a lei.

L'idea dell'ospedale le fa venire una stretta allo stomaco ma non per lei, perché si ricorda all'improvviso di Matteo, per lei l'ospedale è il lavoro e adesso il parto, per lui il dolore e lo sconforto.

Agata e Dora parlano di Matteo mentre mangiano un cuscus con le verdure, senza spezie, «mi devi fare una lista di tutto quello che non puoi mangiare», Dora parla quasi a voce bassa, «all'inizio sembrava tranquillo, dal rene il tumore si può togliere, poi però hanno trovato le metastasi». Agata resta in silenzio. Dora le dice che vorrebbe proporgli di andare a stare da loro, «se tu sei d'accordo, se puoi stare all'inizio nella stessa stanza del bambino, ora si è convinto di tornare a Cagliari ma non vuole abitare dai suoi». Certo, Agata è d'accordo e la rassicura, «le terapie oggi sono incredibilmente migliorate, vedrai che starà bene e ce la caveremo».

Rimangono un po' a chiacchierare sul divano, dopo cena, di cose un po' piú lievi, di questo ottobre cosí caldo, dei locali di Marina e le proteste dei residenti, della visita del papa e di un concerto dei Ratapignata in uno dei baretti del Poetto, dove ora non li fanno piú, i concerti nelle notti d'estate.

Agata si addormenta presto, mentre Dora resta a fumare e provare a distrarsi dalla paura di Matteo, da quella di Agata, dalla sua. Passa il tempo su internet e pensa a quando il tempo si passava in altri modi, a disegnare per esempio, matite morbide che avevano trattenuto sui fogli le camere in cui aveva dormito, le scrivanie su cui aveva studiato. Oppure a fare schemi sui quaderni degli appunti, in biblioteca o in aula studio, a Pavia, a giugno sulla riva del Ticino, cantando piccola città bastardo posto. Oppure a camminare per le strade, come certi pomeriggi di novembre, il primo anno a Barcellona, con in mano una vecchia macchinetta di sua madre, una foto scattata sulle Ramblas: persone avvolte nelle giacche e le ombre, sul marciapiede chiaro, nette fra i banchi dei fiori e gli alberi, grigio il cielo. Quella foto a Javier non era mai piaciuta, a lei sempre moltissimo. Moltissimo le piaceva camminare sulle Ramblas quando c'era poca gente, scendere giú fino a Colón e risalire per le strade interne, guardare le persone in fila nelle piazze per sedersi ai tavolini, patatas bravas y mariscos, le vetrine con gli scialli fatti a mano, i turisti, la musica latinoamericana che esce dalle peluquerías africane. I punkabbestia a piazza del Tripi, come chiamavano tutti la piazza dedicata a George Orwell, dove andava a fumare e bere birra dalla bottiglia, i cani che giocavano. Le piaceva guardare i polli che giravano sugli spiedi al carrer dels Escudellers, fermarsi a salutare i musicisti all'angolo del carrer de Ferran e cantare accanto a loro a bassa voce, e provare a crederci davvero che la vida es un carnaval. Si ricorda di una volta in cui, qualche anno dopo, era tornata nell'appartamento del carrer Ample e l'aveva ritrovato quasi uguale, lo stesso colore alle pareti che aveva ridipinto lei, lo stesso adesivo sullo specchio del bagno che aveva messo la sua coinquilina. Aveva pensato che ritornare nelle case che hai abitato è un po' come rincontrare un vecchio amore: è quasi uguale ma è irrimediabilmente diverso, c'è ancora tenerezza e affetto, ma niente è come prima.

Pensa che si era sempre sentita a casa in quella città in cui non era nata, pensa a una mattina di giugno, il quarto giugno a Barcellona, era tornata in bicicletta, dopo aver ballato tutta la notte al Primavera Sound; aveva pedalato per tutto il lungomare, mentre la città si risvegliava. La sera prima era arrivata al Forum da sola, con la certezza di incontrare amici e conoscenti, felice di questa sensazione, di poter andare da sola nei posti. Suonava Patti Smith, sul palco davanti al mare alle barche alla luna quasi piena, aveva pensato a sua madre. Aveva incontrato uno dei vecchi coinquilini e degli amici di capoeira e poi della gente che conosceva soltanto di vista, e si era sentita bella ballando, muovendosi molto e molto volteando dentro la musica, quando il cielo era grigio di nuvole e alba e di nuovo si vedevano i volti, disfatti molti, e aveva pensato e sorriso alle parole di Lea, una mattina uguale a questa, a Pavia, ballare con l'alba, con il mattino, è una delle cose per cui vale la pena vivere, ne ho bisogno come ho bisogno di fare l'amore.

Per forza ballando nel mattino ero allora anche Lea. Poi ero di nuovo io, Isidora che mi faccio chiamare Dora, quando il mattino era tierno y quieto el mar e avevo negli occhi la luce e desolati pensieri d'amore. Pensavo la domenica è triste se c'è un uomo che vuoi y no se muere por ti. Adesso non so neppure chi fosse, quell'estate, l'uomo che volevo e non moriva per me, forse era Jordi, mi viene da sorridere.

Certo anche per te sorriderò, un giorno, come un ricordo leggero e festoso che non dà piú dolore. Ci avevo provato dopo quella notte di luglio, quando non ci siamo sentiti per un anno e piú, e pensavo di essere guarita. Poi, dopo esserci incontrati per caso in mezzo alla gente, una mattina di dicembre, in una strada di Madrid, ti ho cercato di nuovo. Sei arrivato a Barcellona una sera che faceva un freddo furioso, l'inverno piú freddo degli ultimi cento anni dicevano i telegiornali, io avevo sperato che nevicasse e aveva nevicato davvero. Camminavo in mezzo alla strada con la faccia verso l'alto a farmi cadere i fiocchi in bocca, ero felice e cantavo cobra verde é um bom sinal, credevo ancora ai segnali. Pensavo qualunque cosa accada non importa, comunque ti voglio vedere, questa cosa che è fra noi magari si trasforma, magari diventiamo amici, magari ritorniamo persino a essere amanti. A cena ci eravamo accorti che siamo tutti e due mancini. Io avevo notato anche che avevamo ai piedi gli stessi scarponi, dello stesso nero sbiadito. Dopo c'erano stati molti bicchieri di vino, un'altra donna che ti parlava appoggiandoti la mano sulla gamba, la mia serenità che iniziava a vacillare, tu che mi dicevi è meglio se prendi un taxi. Me n'ero andata in mezzo alla neve già sciolta e bugiarda cantando cosa credi sono io che torno a casa a piedi. La notte l'avevo passata dormendo poco e piangendo, mi ero svegliata la mattina con le mestruazioni e i capelli dritti in testa, non è solo un modo di dire, che ti vengono i capelli dritti in testa, l'ho sperimentato, vediamo se ora imparo, si escarmiento, avevo pensato, che è un verbo che mi piace molto, escarmentar, uguale in castigliano e in catalano, in sardo scrammentài, in italiano non esiste: imparare da ciò che si è visto o sperimentato per evitare di ricadere negli stessi pericoli. Un verbo che mi piace molto ma che non sono capace di applicare alla vita.

27.

La mattina dopo Agata e Dora escono assieme, il cielo grigio e il vento, una va al lavoro a piedi e l'altra prende un taxi per andare a vedere l'ospedale, parlare con la sua collega ginecologa e l'ostetrica. Dal taxi Agata guarda indietro e vede il mare e lo stagno mescolarsi, passa davanti al carcere e alla casa dello studente, il taxi si incastra nel traffico della rotonda che porta a Pirri e all'asse mediano, che quasi non conosce perché quando viveva qui non l'avevano ancora costruito. Ha sempre frequentato la città da pendolare, la stazione e piazza Matteotti, i portici di via Roma e i negozi di via Manno, i locali di corso Vittorio quando, qualche volta, con gli amici piú grandi lasciavano la noia del paese, il sabato sera. Sente il *bip* del cellulare quando sta prendendo i soldi per pagare, e inizia a scendere la pioggia. Legge la mail di Gianluca soltanto quando è di nuovo a casa, si è tolta le scarpe, si è seduta sul divano. È una mail corta, ma è dolce e curiosa, fa molte domande, manda abbracci. Non chiede scusa, non torna indietro, ma insomma è il primo contatto fra loro dopo mesi e Agata piange e piange anche un po' di gioia, di speranza. Manca poco adesso, e questo rospo uscirà dalla mia pancia, speriamo sia fra poco, speriamo sia veloce.

Dora torna a metà pomeriggio spinta dal maestrale, lascia la pioggia fuori e subito inonda Agata di parole, e che le è venuta voglia di creme e cose cotte al forno e ha deciso di fare la torta di mele. Non trova uno sbattitore elettrico e allora sbatte uova, zucchero e farina con il cucchiaio di legno, le fa male il braccio ma alla fine le sembra stia venendo bene, mentre Agata le racconta quanto è figo il reparto nuovo di maternità, avrò la stanza per me sola, la vasca e la palla che rimbalza. Parlano a lungo del parto e discutono di dove stia l'emancipazione: in quello naturale che decido io e controllo io o nell'epidurale che non soffro, allattare al seno o la comodità del latte artificiale. Dora intanto mette un po' di latte sul fuoco per sciogliercì il lievito e si ricorda dell'umido della cucina di Borgo Ticino, a Pavia, quindici anni fa, fa impressione, quindici anni fa. Avevo diciannove anni ed erano le prime torte che facevo, lontana da mia madre, in quegli anni in cui vivevo come una ragazza del secolo scorso, senza elettrodomestici, senza tv, la radio ogni mattina e la bici per andare dappertutto. Usare internet nella sala computer dell'università, aspettare il proprio turno e scrivere mail lunghe come lettere, alle amiche di Alghero e a quelle di Calella, ai genitori.

Piú tardi, mentre mangiano la torta e bevono un tè, Agata inizia a parlare di Gianluca, racconta a Dora delle mail e dei suoi pensieri dell'ultimo periodo, le ripete che alla fine non è questione di essere vigliacchi, coraggio e vigliaccheria non sono categorie del nostro tempo, un uomo senza un lavoro come fa, a fare un figlio.

Certo non lo potevo immaginare, non era proprio nei miei progetti, un padre che non avrebbe voluto il mio bambino, che mi avrebbe chiesto di toglierlo, che ci saremmo lasciati, che avrei vissuto la gravidanza da sola, il parto. Non mi potevo immaginare le notti gonfie di pianto, lui a testa bassa ripeteva un no deciso, io urlavo e urlavo e urlavo.

Ma adesso è arrivato questo pensiero di comprensione, di perdono, magari portato dal bisogno, insinua Dora. Dora poi in fondo la capisce, capisce anche questo, come si fa a giudicare il bisogno, la mancanza di qualcosa, distinguerlo dalla necessità, che è ciò che non può essere altrimenti. Dora pensa che nessuno si possa giudicare, che ogni vita è una battaglia che tu non puoi sapere, la puoi solo rispettare.

Si versano un'altra tazza di tè e cercano discorsi lievi che non portino l'angoscia. Ricordano per esempio quel tipo sardo che studiava a Pavia con cui Dora usciva il secondo anno di università, o era il terzo, un ragazzo di Oliena con i riccioli neri e i jeans strappati sul culo, a cui aveva scritto poesie sdolcinate sulla magia dell'isola e il sangue dei mori e degli spagnoli, sul sole d'agosto e il maestrale, e ridono della sua ingenuità. Ricordano quella giornata passata assieme a Milano, cos'era il 2000?, forse il 2001: la mostra di Kandinskij che le aveva entusiasmate, Mosca incrinata e attraversata di luce e da un volo di uccelli, dopo erano andate al Piccolo teatro a vedere Pippo Delbono, che adoravano e prendevano in giro per come parlava. Quando Dora aveva vinto la borsa di studio per il master a Barcellona ad Agata era mancata moltissimo, il tedio domenicale era tornato a essere insopportabile e lei non aveva neppure droghe da consumare, e glielo dice adesso per la prima volta.

Parlano degli anni e del tempo, delle persone incontrate e le cose vissute, si dicono che i fili se ci sono son garbugli, gomitoli che non sappiamo come sciogliere.

Dora pensa ancora al discorso di prima, quello sui bisogni e le necessità, pensa tu, per esempio, ora lo so, non sei una necessità, anche se l'ho scoperto solo perché tu non riconosci che lo sia. Ora mi sembra che posso vivere d'amor libera e franca. Neppure hai bisogno di me, anche se ci ho messo molto a capirlo. Ancora dopo la notte della neve, la notte del taxi, ancora una sera di febbraio, ancora non avevo scrammentato, davanti a Santa Maria del Mar, la luna a illuminarne la facciata, mi hai detto: «Barcellona è una città romantica». Poi abbiamo parlato di quegli amici che quando si fidanzano spariscono, si chiudono in casa, di quelli che quando si fidanzano, se vuoi uscire con loro, portano anche i fidanzati, di quelli che cambiano, quando si fidanzano. E io ti stavo dicendo è vero, Barcellona è una città romantica e questa è la prima sera tiepida dell'anno ed è romantica per noi, che sapremo trovare i modi per amarci senza che accada tutto questo, senza perderci. Tu però, invece, stavi dicendo proprio quello che stavi dicendo, ma l'ho capito dopo. Quella sera ci siamo avvicinati molto lentamente e abbiamo fatto l'amore. La mattina dopo, nella luce della cucina, bevevo il caffè e invidiavo la mia stessa felicità raggiunta. Cantavo e dammi figli e verità e sesso orale e santità, non ho amato mai nessuno come te.

28.

Ottobre finisce e Matteo ha paura adesso della solitudine come non gli era mai accaduto. Ha paura di stare male, di vomitare, di svenire, ed essere solo a casa. Valentina dorme sempre con lui ma di giorno lavora, e certo non può stare tutto il tempo appresso a lui. Continua a chiedersi se sia il caso o no di tornare a Cagliari per farsi curare ma dentro di sé ha già deciso. Ha chiamato un suo compagno di liceo che non sentiva da anni, è diventato un oncologo bravo, a dire di molti, ha lavorato negli Stati Uniti e in Francia. In fondo sarà bello, andare a riposare nel caldo dell'autunno isolano, sarà una consolazione. Gli arriva un messaggio di Dora con una foto del soggiorno e su scritto: «Arrivi?» Dora e Matteo passano anche dei mesi senza sentirsi, poi quando si incontrano parlano a lungo per aggiornare i file delle loro vite. Ora con facebook e whatsapp si sentono piú spesso, Dora gli manda foto di tramonti dal Bastione e frasi tipo haiku per raccontare le sue giornate. Da quando Matteo ha scoperto il tumore gli scrive sempre, nei giorni in cui era in ospedale per l'operazione gli mandava una poesia ogni sera, verso le nove, quando Valentina era già andata via e a lui veniva lo scoramento piú forte, Antonella Anedda, Goliarda Sapienza, Montale.

Non è che a Bologna sia solo, Matteo, oltre a Valentina c'è Zeno, ci sono Riccardo e Carlo, Michela, Giulia, Martina e Beppe con Valerio che ha un anno. Pensa proprio a

Martina e Beppe, lei pugliese lui abruzzese, com'è difficile per loro con il bambino piccolo senza nonni o zii a dare una mano, anzi una mano d'aiuto, come dice sua madre. Questo è: che gli amici hanno poi le loro vite, se possono ti aiutano ma di solito non possono.

Dalla finestra entra il buio di una sera qualunque, Matteo in tutta la giornata non si è tolto il pigiama, non si è lavato la faccia. Apre libri e li richiude, si alza e si risiede, fuma molte canne, non potrà piú fumarle. Si chiede come si dà la marijuana a scopo terapeutico, in che forma. Valentina è fuori Bologna per lavoro e Zeno gli ha promesso che porterà le pizze per cena. Zeno è un compagno di università siciliano che ha frequentato la scuola di editoria di Umberto Eco, era sempre stato il piú brillante e adesso vive come tutti noi l'instabilità dei giorni, senza un concorso al ministero a segnarne la maturità. Ultimamente si divertono molto perché ha un contratto a progetto in un'agenzia di investigazioni, fa un lavoro d'ufficio anche se gli piacerebbe andare per strada a seguire di nascosto le mogli infedeli. Ridono di questi mariti che fanno seguire le mogli, meno quando scoprono a volte le conseguenze dei pedinamenti.

A Zeno ha raccontato tutto della malattia, ogni dettaglio, ma senza dire la paura, la disperazione che gli viene prima di dormire, la speranza della mattina quando arriva la luce a scacciare i pensieri e non si chiede piú se perderà i capelli e vomiterà come in un film degli anni Novanta, racconta tutto sempre con una battuta in mezzo, l'ironia ti salva sempre, gli dice Dora, ma può anche fregarti, vai sempre per il mondo barricato, invece aprirsi agli altri certe volte aiuta. A Zeno Matteo racconta di Gianni, l'oncologo di Cagliari, di quando al liceo gli aveva tirato una pallonata in faccia in un periodo in cui si odiavano per una ragazza, di come poi avesse sempre avuto in lui una fiducia assoluta, quando per esempio si doveva decidere qualcosa per la classe, o quando uscivano di notte a ubriacarsi nei locali.

Si chiede, collegando i pensieri, la voglia di andar via, a sedici, diciassette anni, da dove mi veniva? Quando si ripeteva dentro la testa che la vita è altrove, ovunque ma non sull'isola, dall'altra parte del mare. Si ricorda di Ruggero Gunale nel *Quinto passo è l'addio*, che, bocca aperta alle mosche, guarda Cagliari scomparire poco a poco, mentre la nave lascia il porto. Si ricorda di quando era primavera e iniziavano a fare vela a scuola per andarsene al Poetto con gli scooter, di come pensasse che doveva lasciare ad altri i progetti troppo lunghi e arricchire il suo tempo. Pensa: e non disperarsi mai.

29.

L'ultima domenica di ottobre Dora e Agata prendono la macchina e vanno a vedere le rovine della città di Nora, c'è il sole forte mentre guardano i mosaici e il tempio di Esculapio, mentre prendono il vento sulla faccia sulla punta del piccolo promontorio, il mare intorno. Prima di pranzo si fermano sulla spiaggia e per Dora fa abbastanza caldo da fare il bagno, stare ad asciugarsi al sole. Agata si rigira gli anelli fra le dita e le racconta che quella era una delle spiagge in cui andava con i genitori e gli zii, con i tavoli pieghevoli, le sedie, la pasta al forno e l'anguria, dei tuffi che le facevano fare i cugini piú grandi, di quando le cugine si mettevano i pantaloncini sopra il costume se avevano le mestruazioni. Le racconta anche che in quella stessa spiaggia, quando aveva diciannove anni, lei e Daniele, il suo primo fidanzato, si erano lasciati. Dora le racconta di una domenica di ottobre a Calella, quando con un compagno che aveva già la patente e altre due amiche erano andati fino al Cap de Creus e avevano fatto il bagno nell'acqua fredda dell'autunno, ma il sole li scaldava e faceva luccicare tutto, come luccicava la campagna dell'Empordà al tramonto, sulla strada del ritorno. In questo piccolo viaggio aveva conosciuto Dalí e Picasso, e con loro Dora Maar. Aveva deciso allora che si sarebbe fatta chiamare Dora anche lei, che Isidora è un nome vecchio e in piú qui non lo sanno pronunciare. Erano gli anni in cui non si metteva mai la canottiera perché si vergognava delle lentiggini sul petto e sulle spalle. Portava sempre una keffiyah vecchia e sporca, mangiava poco e spesso vomitava.

– Se fossi cresciuta da queste parti ti avrebbero chiamata Isy, altro che Dora.

– Isy? Stai scherzando?

– No, a me mi chiamavano Aghy, fino alle superiori, fai tu, mi piaceva anche, mi firmavo cosí, con la y finale.

Rimangono in silenzio a guardare il mare e Dora, stesa sull'asciugamano, ha pensieri dolci di isole e arcipelaghi, di acque calme e buone, canta a voce alta qué le voy a hacer si yo nací en el Mediterráneo. Agata dice: – Mi ero dimenticata di quanto sei noiosa quando canti, – ridono assieme, mentre Dora traduce la canzone all'amica, che ci posso fare se sono nata nel Mediterraneo, dice: – Se vuoi te la canto tutta –. Pensa sono tutte le acque in cui ho nuotato a rana o a dorso, la sabbia in cui mi sono stesa ad asciugare. Pensa a Yemanja, dea del mare e di tutte le acque, vestita di bianco e di azzurro come santa Maria. Sono tutte le case in cui ho dormito anche una notte sola, i campeggi e i bed and breakfast; una villa a Maiorca in cui avevo fatto colazione sotto un portico ricoperto di gelsomino, caffè e ensaimades; una trattoria sulla spiaggia in una caletta nella punta est di Sifnos, dove la signora che cucinava somigliava a mia nonna Patrizia; il cortile di una casa a Giannutri con un ginepro che aveva rami su cui ti potevi sedere a guardare il mare.

Quando Agata non riesce piú a stare seduta sulla spiaggia vanno nell'unico bar a mangiare qualcosa, Agata racconta a Dora di quando era aperto quello in alto, da cui si vedeva il mare. Ai tavolini ci sono solo loro, mangiano nel silenzio del piccolo cortile, il barista dice al telefono: – Sto male, come vuoi che stia.

Dora sente la malinconia del pomeriggio e racconta ad Agata di Barcellona, di una notte passata con Ana al *Cangrejo* a vedere le drag queen ballare e cantare flamenco, una di loro era un ragazzo giovanissimo di Roma che vedeva in università, aveva indosso un vestito argentato e il locale piccolo era denso di fumo e sudore. Di un'altra in cui Ana l'aveva portata alla *Concha* a guardare le foto di Sara Montiel e c'era la musica araba e dopo avevano camminato e in plaça de Sant Just avevano parlato di uomini che fanno tremare il sangue e la voce. Le racconta una festa reggae al Parc Güell, con Santiago il cileno e Jane di Montréal e Edoardo dell'Ecuador. Di una domenica mattina, il primo sole caldo, verso maggio, che era andata a pranzo con Laia al *Pollo Rico* ed era una bella domenica mattina che le aveva fatto pensare a Napoli con nostalgia. Aveva salutato Laia e aveva camminato da sola, c'era un ragazzo francese che le piaceva e se n'era andata a cercarlo per le strade vuote della domenica vicino al mercato in costruzione, sperava di trovarlo fra le macerie di un palazzo antico o sulla porta di un bar pieno di fumo, poi fra i tamburi del parco dove c'erano tutti: c'era Adão il brasilano e l'estetista argentina, la rossa della casa occupata e Cristina, Jaume e Samir, c'erano i giocolieri e i ballerini e c'era un piccolo cane giallo che correva. Le racconta di quando, all'inizio, la coinquilina dell'appartamento della ronda de Sant Antoni chiamava il Raval el Barrio Chino, come vent'anni prima, o di piú, e le diceva non andare piú in là di quella strada, non piú a sinistra di quel palazzo, come nel romanzo che stava leggendo, come la tía Angustias che diceva ad Andrea non andare, nel Barrio Chino, ché lí c'è el brillo del demonio. Dora dice che allora era come Andrea, e piú, parlava con tutti e si fidava del suo istinto che la proteggeva, o era il suo angelo custode, ma questo all'amica non lo dice.

30.

Dora e Agata risalgono in macchina quando inizia ad arrivare il buio, prendono la strada vecchia, cosí passano davanti alle luci della raffineria, le ciminiere e il fumo, Dora ne aveva sentito parlare tante volte perché è lí che lavora il padre di Agata, ugualmente non se la immaginava cosí immensa e spaventosa. Guardano la luna farsi accesa e illuminare le strade della zona industriale, le saline e i fenicotteri, le pale eoliche e i monti di Uta, arrivano in paese quando è alta sulle case basse e gli orti di carciofi.

La tensione fra Agata e sua madre sembra un po' diminuita, addirittura ridono quando la madre tira fuori dei vestiti che indossava al tempo in cui era incinta di lei, gliene regala uno. Ad Agata vengono in mente le estati in cui tornava, i primi anni di università, e tornava a sentirsi come a tredici o a diciassette anni. Si svegliava tardi la mattina, puliva la cucina, preparava il pranzo per lei e sua madre che rientrava alle due e mezza dall'ufficio, e chissà se sarà tranquilla o nervosa, se le piacerà la pasta e le andrà bene come ho pulito la cucina a gas. Usciva per andare a trovare sua cugina Maria Chiara, incontrava amici di quando era bambina, parenti, ti sei fatta bella, ti piace il continente? se' benía cun su sposu?, e lei rispondeva no, non sono venuta con il fidanzato e si chiedeva che cosa pensano, che sono andata a cercare pane migliore di quello di grano? Ricorda gli anni in cui tornava sempre con la nave, e quindi poche volte, com'è cambiato tutto con i low cost e la continuità territoriale. Eppure le piacevano quei viaggi lunghissimi, treno e nave e treno, il porto di Genova e quello di Porto Torres, il ponte della Tirrenia da cui guardava le città allontanarsi o avvicinarsi, guardava il cielo e il mare che si mischiavano in un unico blu scuro, le stelle e l'umido fra i capelli.

Tornando a Cagliari, mentre Dora guida, le racconta di un viaggio in cui aveva condiviso la cabina con due signore che alle otto già dormivano e una trentenne che aveva rimorchiato uno del personale e in cabina c'era tornata la mattina. Dora dice: – Come ci sembravano lontani i trentenni –. Agata racconta del passaggio ponte e delle cene portate da casa mangiate ai tavolini del bar, erano navi soprattutto di sardi che vivevano fuori, non quelle dei turisti che attraccano al porto di Olbia o a quello di Golfo Aranci. Ricorda di come all'arrivo la sua lingua la accoglieva festante, la preparava al viaggio in un treno piccolo e affollato, che si muoveva lento e caldo fra il rosso dei papaveri e il giallo delle ginestre, se le capitava di tornare a maggio o a giugno, fra le case basse e le pecore, i cardi in fiore, ulivi e fichi, palme, ibiscus e palazzi in cemento, crasure di fichi d'India e pietre.

A cena non ha detto a sua madre che lei e Gianluca un po' si stanno sentendo, non sa se per non darle illusioni o soddisfazioni. Il padre e i fratelli, le cognate, hanno parlato tutto il tempo del bambino, del nome da dargli e del passeggino da comprare, Agata pensava che sarebbe stato anche loro, il suo bambino, avrebbe avuto il loro cognome, e ha provato una specie di orgoglio. Poi suo padre le ha chiesto se pensava di fermarsi, di trasferirsi, e mentre spiegava che non sarebbe stato facile, per via di come funzionano i concorsi, le è venuta per la prima volta la voglia di provarci davvero. Si è immaginata mentre va a pranzo la domenica in paese, il bambino che gioca in giardino con i cani, le gite a Monte Arcosu e al castello di Siliqua. Dora li ascoltava e interveniva, si sentiva parte della famiglia, una cugina in piú. Il padre, i fratelli e una delle cognate di Agata parlavano in sardo, ogni tanto si scusavano con lei, anche se già sapevano che li capiva, che sua nonna era del paese accanto, anche se già altre volte le avevano chiesto: «E cummenti asi fattu a du imparai scetti cun sa nonna?» e Dora aveva risposto: «L'ho imparato con mia nonna perché lei parla solo in sardo, ha parlato sempre solo in sardo, anche con suo marito, l'abbiamo imparato tutti». Già le avevano chiesto com'era l'algherese, le avevano chiesto di tradurre alcune frasi, piú volte aveva detto: «È una variante del catalano, una specie di catalano antico un po' mischiato con il sardo, che di per sé è un po' mischiato con il catalano e con il castigliano», e ogni volta era partita una discussione sulla lingua che si ripeteva invariata e sembrava sempre non finire mai, tutti erano esperti e avevano qualcosa da dire.

Dora si è alzata, alla fine della cena, assieme alla madre di Agata per aiutare a sparecchiare, togliere i resti di ravanelli e sedani, il tagliere con la carne e i bicchieri con il vino.

Verso le undici hanno salutato tutti davanti alla casa, compresi i cani, e se ne sono tornate all'appartamento di Marina.

31.

Inizia novembre e a Bologna è già inverno, termosifoni accesi e caldarroste agli angoli di strada. Matteo, in piedi davanti alla libreria, decide cosa portare con sé: lascia i romanzi comprati e non ancora letti, pensa che li può leggere sul kindle, mette in una borsa della Tate Gallery saggi e poesie, tutto quello che può di Gadda e dei fumetti. Gadda soprattutto gli ha insegnato l'ironia, questo pensa muovendosi con lentezza, la ferita tirandogli la pancia, prima di Gadda sua sorella Federica, mentre il resto della famiglia ne è totalmente privo, nessuno si prende un po' gioco di sé stesso e degli altri, tutto assume toni tragici che lo esasperano. Persino Gadda diventava melodrammatico alcune volte, come nelle lettere alla sorella, anche se a Matteo fanno ridere le scuse che inventava per farla desistere dall'andarlo a trovare nelle città dove abitava, fra cui c'era stata anche Cagliari. Di Cagliari, all'ingegnere, piacevano il porto, il Bastione, l'azzurro del mare; non il caldo e non i suoi abitanti, che chiama goffi rognosi, per questo, scrive a sua sorella Lalla carissima, non intendeva fermarsi in Sardegna. Goffi rognosi, bellixeddu, pensa Matteo, carino, mentre si chiede che senso abbia degli scrittori ricostruire le vite, immaginarsi i sentimenti i pensieri, cosa ti dovrebbe aiutare a capire. Gli è sempre sembrato incomprensibile come riuscissero a trovarsi tra loro nelle grandi città, studi le biografie e c'è sempre uno giovane e sconosciuto che arriva a Roma o a Milano e incontra quelli piú grandi e già affermati, ma come facevano? Succede anche adesso, anche se lui non capisce bene come.

I genitori di Matteo sono sollevati dalla sua decisione di tornare a Cagliari a curarsi, Valentina invece meno. Andrà da lui i fine settimana ma è triste, allontanarsi da lei proprio adesso, anche se da qualche parte è certo che non la perderà per questo, da qualche parte poi c'è anche il pensiero che magari muoio prima, vorrei che non fosse mai la pena, a tenerla con me. Quando si è ripreso dall'operazione ha sistemato delle cose in università, lasciato dei lavori a qualcun altro, a scuola si è messo in malattia. Adesso è cosí strano perché si sente bene, sarà una convivenza da imparare, con questo tumore, non chiedersi continuamente fino a quando. I medici non gli dicono mai guarire, guarito o guarigione, dicono contenere, contenimento. Lui certe volte ha voglia di gridare.

Cammina molto per Bologna che ritorna fredda, entra nei bar e nei negozi, si ferma a salutare chi conosce, in una piazza un mercatino di artigiani, saponi fatti a mano e vestiti di canapa indiana, chissà cos'era quel sogno dell'altra notte di avere un geco in gola, pistillone si chiamava a casa sua. Pensa a tutte le volte in cui ha sognato i morti: suo nonno oppure il suo amico Luca che era morto in un incidente. Sognava di incontrarli e di parlarci, poi di pensare che se poteva incontrarli e parlarci non faceva niente anche se erano morti. In questo periodo fa sogni cosí, di gechi in gola e altri animali che strisciano.

32.

Con novembre arrivano le piogge spinte dal maestrale, Dora e Agata stanno molto tempo in soggiorno a mangiare melagrane, mandarini, e pani saba, il pane dolce dei giorni dei morti.

Agata non riesce a trovare una posizione comoda sul divano, si alza e si siede, allunga le gambe e le ripiega. Conta le contrazioni e Dora le segna su un foglio, dice ma quanto ci vuole?

– A me una delle cose che terrorizza del fatto di rimanere incinta è questa cosa del corpo.

– Quale cosa del corpo?

– Eh, che si deforma, che non sei piú tu, che chissà cosa succede dentro.

– Be', se la vedi cosí ci credo che ti terrorizza.

– Ci sono altri modi di vederla?

– E certo, là che a volte sei strana eh.

– Asco', ma tipo, la voglia di trombare, ti passa? O come funziona?

– Ma itta passa, non passa, tipo al quinto e al sesto mese stavo impazzendo, volevo trombare con chiunque.

Dora ride: – E lo facevi?

– Ma ba', non è che me ne potevo andare in giro per Pavia, incinta, a rimorchiare. Dubito che ci sarei riuscita, tra l'altro.

– Figurati, il mondo è pieno di gente che ha desideri strani. E come facevi? E poi ti è passato?

– E come facevo, guardavo video porno. Mi sono anche comprata un vibratore, non l'avrei mai immaginato.

– Ah, lo vedi, erano anni che te lo dicevo.

– Ahah, comunque sí, poi è passato, poi diventi enorme e senti solo la pancia. Senti, ma Mario? Scomparso?

– Sai che mi ha mandato un messaggio l'altro giorno e non avevo voglia di vederlo?

– Neanche di trombare?

– Boh, no, mi sono annoiata.

– E già ti annoi in fretta. Non era bravo?

– Guarda, non è questione di essere bravi, è piú una questione di incastri, forse no, non ci siamo incastrati tanto.

– Eh, magari non è facile incastrarsi da subito.

– No, in realtà è difficile, a volte succede però.

Dora le parla allora di Stefano, con cui aveva passato due giorni a Roma, anni prima, mentre febbraio finiva. Verso l'ora di pranzo, un vento leggero e infinite gemme sui rami degli alberi a brillare nel sole, erano andati a passeggiare in via Casilina vecchia, dove gli archi dell'antico acquedotto erano diventati casette curate e botteghe di artigiani, margherite fra le pietre. Si erano fermati in un piccolo parco con i giochi per i bambini, un barbecue a uso dei vicini e un tavolo di marmo, su cui si erano seduti a guardare i binari dei treni, gli edifici dismessi delle ferrovie e i palazzi, piú in fondo. Su un caseggiato si leggeva in alto «Milonga della stazione». E come una milonga erano state quelle ore: allegre e sincopate ma con la malinconia del tango, ad amarsi un po' a metà sul tavolo di marmo, al compás dei loro fiati e delle mani di lui che piano piano le aprivano le labbra, delle dita che le entravano dentro, la facevano venire lí, vicino ai fichi d'India e sotto i pini.

Di Stefano sapeva poche cose, che era cresciuto a piazza Lodi e faceva il maestro di scuola, che aveva una sorella che viveva a Torino. Dora era a Roma per un fine settimana e l'aveva conosciuto fuori dalla stazione Termini, gli aveva chiesto informazioni, scegliendolo perché camminava con la musica nelle orecchie e dunque doveva essere del posto. Non era lontano il Pigneto, dove Dora doveva arrivare, e lui l'aveva accompagnata a prendere il tram, prima di salirci Dora gli aveva chiesto il numero. Si erano visti la sera stessa a cena, e poi a casa di lui a scoprire che fare l'amore assieme era come non fosse mai esistito altro. Di Roma aveva visto soltanto via Casilina e le strade intorno, erano rimasti in camera a scopare, soprattutto, il piú possibile, ché c'era poco tempo. Dora ricorda la sua magrezza, il tatuaggio sulla scapola e la vena che gli attraversava il cazzo. Sotto gli archi dell'acquedotto antico i resti di piastrelle e fuochi, margherite e iris viola come in montagna, in via del Mandrione Dora aveva pensato che strade belle come questa ce le ha soltanto Roma. Si erano fermati a prendere un caffè in un baretto con due tavolini fuori, e Dora guardava Stefano lungamente, accarezzandogli la barba, si sentiva dentro un vecchio film e pensava famme resta' co' tte, sinnò me moro.

Dora e Agata continuano a parlare sul divano, Agata ogni tanto si deve alzare perché altrimenti sta male, Dora le racconta anche di Tiago, a Rio, che le aveva leccato il buco del culo finché si era aperto e inumidito come una vagina, l'aveva penetrata senza farle male e giurerebbe di aver avuto un orgasmo con l'ano. Agata le racconta che lei, le volte che ci aveva provato con Gianluca, non c'era riuscita, soffriva troppo, Dora le dice che neanche lei c'era mai riuscita prima, che non sa perché quella volta era stato cosí bello, una pasada tía, le avrebbe detto se fosse stata Ana.

– Forse ce l'aveva piccolo.

– Ahah, no, non piccolo, normale, se mi ricordo bene.

– Era bono?

– Ma neanche tanto, aveva la faccia tonda e anche un po' di pancia. Era bravo, di quelli che ti fanno sentire meravigliosa, anche se il giorno dopo non li rivedi piú, ma per quella notte sei la donna piú bella che abbiano mai incontrato. Era gentile, lento, mi parlava all'orecchio, ci sapeva fare, non so come dire.

– Anche Alessandro era sempre gentile, molto piú di Gianluca, era lento e mi parlava all'orecchio.

– Ma?

– Eh, ma non ci sapeva fare per niente.

– Mischino, mi ricordo, non scopavate mai.

– Mai mai no, ma insomma.

– Vabbe', con Gianluca hai recuperato, e anche con quello prima di Gianluca, come si chiamava?

– Tommaso, ma ci siamo visti solo un paio di mesi. Comunque quello, è vero che ci sapeva fare, come dici tu, ma in realtà un sacco di volte non ci riusciva.

– Davvero? Mica me l'avevi detto.

– No, non era importante, poi si rifaceva. Ma a te capita, che non ci riescono?

– Certo che capita, Agata, un sacco di volte. Guarda, è difficile trovare un uomo che sa scopare e basta, io credo di aver imparato che questa cosa di separare il corpo dalla mente non la sanno fare neanche loro, gli uomini possono essere molto delicati.

– In che senso delicati?

– Nel senso che non sono delle macchine da guerra, non tutti almeno.

Dora si alza a preparare un caffè, dalla strada arriva della musica elettronica, dice: – È anche una cosa bella, peraltro. Brutto è quando trovi quelli con delle fissazioni, o quelli pieni di blocchi, che non sono liberi, molte persone non sono libere, forse è questo il punto.

Ad Agata viene in mente, e lo racconta a Dora, Franco, con cui l'aveva fatto la prima volta, prima di Daniele, in macchina nascosti dalla notte e gli eucalipti, aveva quattro anni piú di lei e le era entrato dentro senza nessun preliminare e lei aveva capito solo dopo che era stato brutto, e lui uno stronzo. Dora si ricorda di uno con cui era uscita un paio di volte, a Barcellona, avevano fatto sesso frettolosamente, nonostante lui le avesse detto che non l'aveva fatto mai, ma questo ricordo non lo condivide con l'amica. Dice che la cosa strana del sesso è che sembra sempre uguale e invece non lo è mai, siamo tutti diversi e diversi anche a noi stessi a seconda dei momenti, delle situazioni.

Di amore non parlano fino alla fine, sino a quando Dora si alza per andare a fumare una sigaretta in balcone e dice: – Che poi l'amore in fondo è come l'Eros dei Greci, come l'amico di Pollon, hai presente? Un bambino che lancia frecce a caso. Se ci pensi siamo cresciuti pensando che l'amore fosse quello di *Ghost*, infinito e senza ombre, per questo stiamo tutti qui a rincorrerlo e sognarlo quando invece non esiste. Esistono persone che si incontrano e per motivi del tutto incomprensibili camminano assieme per dei pezzi di strada, dovremmo avere parole nuove per descriverlo, non quelle dei romanzi, i film e le canzoni.

– Ma perché è cosí difficile pensare che invece sia possibile incontrarsi, amarsi, far dei figli, invecchiare assieme?

Ma mentre lo dice Agata pensa a sé, e non è piú sicura nemmeno lei.

33.

La pioggia inizia e finisce all'improvviso, le nuvole pesanti si aprono in luce che abbaglia. In ufficio, davanti al computer, Dora ascolta il diluvio e nella testa canta o Santa Barbara de Relampué o Santa Barbara de Relampuà, si chiede perché non abbia ancora ripreso ad allenarsi. Il palazzo che vede dalla finestra assomiglia a quello che vedeva dalla finestra del monolocale in cui aveva vissuto appena arrivata a Barcellona, dopo gli anni di Pavia.

Aveva ventiquattro anni e da quella finestra, al piano terra nella ronda de Sant Antoni, entrava pochissima luce. Il portiere l'aveva aiutata a sturare il lavandino e comprare la bombola del gas, passava giorni interi senza parlare con nessuno, si faceva forza si diceva che importa se non ho nessuno da chiamare, succederà prima o poi, se non mi lascio scoraggiare da questa città, dal curriculum spedito cento volte e mai nessuno che risponde. Si diceva non importa se passo le giornate sotto la pioggia ad aspettare gli autobus che non arrivano mai, vecchie che litigano con i ragazzini e le signore latinoamericane che si raccontano le vite delle famiglie in cui fanno le badanti, o le pulizie. Aveva immaginato che a Barcellona sarebbe andato tutto bene dall'inizio, era quasi casa sua, non aveva previsto le difficoltà, che sarebbe stato cosí diverso da quando, a sedici o diciassette anni, ci andava con le amiche, di nascosto dai genitori.

Allora arrivavano il pomeriggio con il treno e in plaça de Catalunya entravano in un bar per cambiarsi e truccarsi in bagno, lontane dagli sguardi dei genitori di Sonia e da quelli di Leila, andavano a guardare vestiti al Camello, all'ora di cena un panino in plaça de Sant Jaume e poi a ballare in plaça Reial. Dormivano sulle panchine e riprendevano il treno la mattina presto infreddolite e euforiche, cantando le canzoni degli Estopa a squarciagola. Senza i telefonini era piú facile mentire, dire a una madre dormo da Sonia, all'altra dormo da Dora.

Quando ci era tornata per il master, a ventiquattro anni, invece usciva raramente, una sera nella piazza della Cattedrale aspettava dei capoeristi che aveva contattato su internet, li aspettava al freddo e pensava al freddo di Milano adesso al mercatino degli Obej Obej, da passeggiarci dentro bevendo vin brulé. Grazie a loro poi le cose erano migliorate, dopo gli allenamenti si fermava a chiacchierare, continuavano a suonare seduti sui gradini di una piazza. I pomeriggi di un fine aprile freddo con poco sole andava alla Central e comprava *Poemas para un cuerpo* e *La plaça del Diamant*. Nel frattempo aveva trovato l'appartamento del carrer Ample e la sua camera le sembrava fosse sua da sempre, se ti affacciavi al balconcino vedevi la Madonna della Mercè che spuntava dai tetti. Sul grande comò di legno aveva steso una stoffa comprata al mercato di Torino per due euro e le collane e il gatto porta anelli che le aveva regalato suo padre per Natale. Le piaceva vedere le cose vecchie che si mischiavano alle nuove, cambiavano il perché o se lo scordavano. Si ricorda della prima volta che Matteo era andato a trovarla e assieme erano saliti sul Montjuïc e Dora si era innamorata, di quella collina da cui si vedeva il porto, e ci era poi tornata molte volte negli anni di Barcellona, a fumare sigarette e guardare la città dall'alto.

C'era tornata con Javier, quando l'aveva conosciuto, andavano all'orto botanico e lui si appoggiava al tronco di un albero con in bocca un ramoscello, e lei si toglieva le scarpe sul prato, come nella poesia di Mario Benedetti che lui sapeva a memoria quasi per intero, quando le parole li guardavano commossi. C'erano tornati dopo che Dora l'aveva lasciato, e lui le aveva detto vos lo dijiste nuestro amor fue desde siempre un niño muerto e lei aveva risposto non è vero, me parecía que iba a vivir, que iba a vencernos, era un bambino meraviglioso, non mi sembrava condannato, non mi sembrava morto, il nostro amore.

Barcellona aveva questo, che a Pavia le era mancato molto e che adesso ha ritrovato a Cagliari: i colli da cui guardare tutta la città. Quello del Montjuïc e quello del Parc Güell, il Tibidabo, il parco dell'Hospitalet. Certo a Pavia piú di tutto le era mancato il mare, che raggiungevi solo dopo ore di macchina o di treno nella pianura infinita e sempre uguale. A Barcellona il mare era sporco e scuro, ma era lí, e lo potevi seguire lungo la costa, con il treno, a sud fino al delta dell'Ebro o a nord fino a Calella, e oltre.

A Calella andava ogni tanto per stare con i suoi, dormiva in una delle stanze dell'albergo, usciva con Leila e i suoi amici, non con Sonia che si era sposata presto e non vedeva piú nessuno. Andavano nelle stesse discoteche che da adolescenti le avevano viste ubriacarsi e vomitare, ridevano al ricordo di come si vestivano e dei ragazzi che baciavano.

Una volta c'era andata anche con Jordi, in un momento in cui le sembrava che con lui potesse avere una relazione vera, prima che lui le dicesse che si sbagliava.

È stato poco prima di conoscere te.

Aveva conosciuto Jordi in un bar in cui andava ogni mattina i pochi mesi in cui aveva abitato al carrer del Diluvi, a Gràcia, e da quel giorno aveva pensato molte volte meno male che c'è Jordi, con la quiete che mi dà, e il sesso, il sesso con lui non lo cambierei con niente al mondo. Invece era finita, era finita a febbraio e c'era un tempo di merda. Ed erano stati poi infiniti giorni tristi e notti molto tristi, a ricordare ogni dettaglio e piangerne l'assenza, e la desolazione del pranzo e della cena. Avrebbe voluto bruciare tutte le mutande, la biancheria con i pizzi che gli piaceva molto, il corpetto con la giarrettiera che aveva comprato per il suo compleanno. Cantava na vida se cai e andava avanti, questo ti insegna la capoeira: a cadere e poi rialzarti.

Il vuoto che era arrivato dopo, una disperazione fatta di singhiozzi, occhi bagnati e gonfi, l'aria immobile e l'angoscia, all'idea di stare sola, anche se era successo già altre volte, era un tipo di tristezza che non sapeva mai come affrontare. La sua amica Ana le aveva preparato una spremuta d'arancia che avevano bevuto in terrazza mentre Violeta Parra da lontanissimo cantava Run Run se fue pa'l norte yo me quedé en el sur, aveva dormito lí con lei, aveva mangiato le lasagne che Dora aveva cucinato per Jordi, la sera prima, con le noci tritate dentro come piacevano a lui, a Run Run che era partito per il nord lasciandola nel sud.

L'aveva salvata il ricordo lontano di altre guarigioni, il sapere che dopo i giorni e le notti tristi sarebbe passata anche questa, aveva amici, un lavoro, aveva Barcellona. Barcellona non l'aveva mai messa in discussione, non si era mai chiesta cosa ci faccio qui, fino a che era finita, dopo altri quattro anni, difficile e malinconicamente. Quell'ultima primavera in cui pioveva da settimane e la città si sgretolava, le strade si riempivano di buche e mi sentivo come lei: ferita e triste, camminavo senza ombrello e piangevo dentro gli autobus, le macchine passando mi schizzavano addosso le pozzanghere.

Precipitavo di nuovo in un gomitolo spinoso di fallimenti e frustrazioni, che al lavoro non mi volevano piú e non mi volevi tu. Sono partita per Cagliari pensando è meglio se sto un po' lontana da aquesta ciutat que m'encanta e mi addolora, senza sapere se ci ritornerò. È meglio se sto lontana da te. Adesso davvero ho smesso di crederci, all'amore per te, già penso che alla fine è una fissazione come altre già passate, e passerà anche questa, sta già passando. Resta la consapevolezza che tu non mi vuoi accanto, forse non vuoi nessuno accanto, come dici, in ogni caso non vuoi me. Faccio posto, lenta e dolorosamente, al disinganno.

E pensare di non essere cresciuta vuole dire questo: sapere che poi me ne dimentico, di tutto quel dolore e la fatica, e può riaccadere ancora, può riaccadere sempre.

34.

Il pomeriggio prima che Matteo parta per Cagliari, Valentina lo passa a prendere e vanno verso i colli. Si siedono sul prato in un punto da cui si vede tutta la valle, di fronte al monastero di San Luca. Valentina ha in borsa una bottiglia di porto e biscotti fatti da lei, bevono e mangiano parlando e parlando si riscaldano, mentre cade il sole e si accendono le luci di San Luca, il cielo si fa viola. Le parole fluiscono a ritmi alterni, appaiono le stelle. Si raccontano episodi del passato, scoprono di essere stati allo stesso concerto dei Marlene Kuntz, moltissimi anni prima, a Milano al Leoncavallo, avevano pogato in mezzo a tutta quella gente, camminato tra corpi eccitati sudati vicini, inciampato in bottiglie vuote di birra e odore di fumo e fiati. Matteo si chiede chissà com'eri tu tanti anni fa, chissà se ci saremmo riconosciuti e voluti anche allora.

Rientrano un po' ubriachi, Valentina guida piano, dice «mi mancherai, mi manchi già» e «non lascerò che tu ti abbatta».

In macchina ascoltano gli Einstürzende Neubauten, e anche quella è una musica del passato, Matteo toglie il cd e mette la radio, sennò gli arriva la malinconia. A casa si accorge di non essere riuscito a impedirlo, non riesce neppure a fare l'amore con Valentina, lei non insiste e gli accarezza i capelli in silenzio. Nonostante il medico gli abbia detto che non succederà, è convinto che perderà i capelli, già radi, del resto lo sapeva che prima o poi diventava pelato. Gli ha detto anche, il suo amico oncologo, che può darsi che la cura gli provochi problemi alla tiroide, diarrea, pressione alta, stanchezza, nausee, infiammazioni alle mucose. Può darsi che starò malissimo, può darsi, pensa, adesso non mi rendo conto di quanto starò male, di quanta paura avrò di morire, magari chiederò a Valentina di andare a Cuba a comprare il veleno dello scorpione, andrò da sciamani e curatori di ogni tipo. Come cambia la cognizione del dolore nel corso di una vita. La memoria non ha spiegazione, non hanno piú valore le cose che ricorda di quelle che ha dimenticato. Le domeniche mattina a Monte Urpinu, con tutta la famiglia vestita bene, e le pastarelle comprate alla *Speciale* da mangiare dopo pranzo e mille altre cose piccole come questa che sono le cose solide nell'esile incertezza della sua vita. La gita a Firenze, in terza media, il senso della Storia che, secondo lui, nell'isola non c'era, studiavi anno dopo anno e la Sardegna non c'era mai, nei libri, invece in continente già dal pullman vedevi i castelli medievali. La discoteca in cui avevano ballato, adolescenti brutti e vestiti male. Il primo anno a Bologna: l'entusiasmo per tutto, tutto era nuovo, mai vissuto, a lungo immaginato. Come andare a un concerto a Padova, un sabato sera d'estate, o a Venezia, bastavano un po' di chilometri in macchina, mentre in Sardegna, soprattutto in quegli anni, non ci veniva nessuno a suonare, come i cartelli stradali con su scritto Roma Firenze Torino. Il campeggio dell'Arezzo Wave, i punkabbestia con i cani, i giochi, tutte le droghe che volevi, il concerto di Nick Cave e il dj set su una collina fino al giorno dopo.

Il gruppo hard rock con cui suonava il primo anno, i corsi extracurriculari di filosofia che aveva frequentato per due mesi, le cose che non è riuscito a dire a suo padre. Il passato gli appare adesso un deserto di occasioni mancate, il tempo un dio senza carità.

Per esempio non è mai stato in Argentina, non ha preso l'ayahuasca, non ha mai nuotato nell'oceano. Non ho fatto un figlio.

Valentina si alza e va in bagno, fa una telefonata. Quando torna la faccia di Matteo è cambiata, gli propone di guardare un film, lo obbliga ad alzarsi dal letto. Nel frattempo si veste e rimane ferma un secondo, nel gesto di lisciarsi i capelli, guardando i semini della sua collana spargersi a terra tintinnando. Incrocia lo sguardo di Matteo, che si sta chiedendo, come lei, perché poi all'improvviso le cose si rompono.

35.

La sera prima che arrivi Matteo Agata va al Poetto con delle vecchie compagne di scuola, passano da lei in macchina e mentre le aspetta pensa agli anni del liceo, in cui ci andavano in treno, prendevano il P sotto i ficus di piazza Matteotti, stando attente ai tossici, viaggiavano attaccate ad altri adolescenti sudati e scendevano alla quarta fermata, stendevano gli asciugamani sparsi sulla sabbia lontani da quelli dei loro coetanei cagliaritani, che arrivavano con gli scooter e le infradito firmate.

Dora intanto sente addosso lo stesso grigio del cielo, rimane a casa con una solitudine di tè al gelsomino e pensieri d'amore mancato. Pensa l'amore forse è che non so cos'è, pensa neanche la vita forse so cos'è, non sapere cosa fare mai e perché e come, sempre in cerca di equilibrio armonia quiete. Oscillando tra euforie e voragini di angoscia, tra la voglia di partire e il desiderio di restare, la cistite da curare con le tisane di uva ursina e chiedersi sempre non ho che solitudini? Pensa anche il mondo è cosí offeso. Il tempo. Pensa le cose irrimediabili e quelle irrimediabilmente perdute. La voglia di appartenere a tutti i luoghi, che le appartenga ogni persona e in fondo lei non appartiene a niente né a nessuno. Poi sa che non è una vita, la sua, di cui ci si possa lamentare, con tutti i momenti e i posti belli in cui ha vissuto. Pensa alla sua amica di Barcellona Arantxa, che spendeva trecento euro al mese da un'analista per parlare dei suoi problemi economici ed esistenziali: il paradosso di Jung, lo chiamava. Da Arantxa una volta si era fatta tagliare i capelli, nella luce bassa del bagno del suo appartamento al Born, Dora pensa a tutte le volte che si è tagliata i capelli, da lunghi o lunghissimi a corti o cortissimi, pensa che non ha mai provato pena per le sue ciocche rossicce che cadevano a terra, dopo le forbici, neanche per i dread.

Era l'autunno prima che conoscesse Jordi, le cose si mettevano di traverso, lei si sentiva orribile, un periodo di vestiti cambiati venti volte prima di uscire anche per andare al mercato, ogni gonna o pantalone che indossava le sembrava evidenziasse i fianchi troppo larghi, alla fine si metteva sempre i pantaloni neri e una maglietta lunga. Aveva pensato che doveva fare qualcosa per spezzare quel vortice di disistima, un periodo in cui non aveva una stanza, un lavoro, un uomo. Le dava pena il suo corpo curato, le gambe depilate, le creme e il balsamo, soltanto per sé, per nessun altro sguardo, nessuna mano se non la sua. Erano giorni in cui si sentiva in colpa, perché non si voleva bene e non sorrideva quasi mai. Si chiedeva da dove le venisse, questo male di vivere, perché lo sentisse sempre accanto a sé. Una mattina sull'autobus, tornando dal lavoro, stretta in mezzo alle persone, aveva sperato che qualcuno la sfiorasse, le rivolgesse la parola, poi si era vergognata.

Si ricorda di un fine settimana a Londra, era il 2003, ospite di un'amica che poi la sua amica era amica di un suo amico di Pavia. Era febbraio e Londra le sembrava luminosa e bella, come non se l'aspettava, erano andate in giro a passeggiare, guardare le strade, entrare nei musei e nei mercati. C'era quel corteo contro la guerra in Iraq ed era enorme e tutto il tempo lei guardava le facce della gente. Dopo a cena avevano mangiato una zuppa di cipolle, e le era venuta addosso una malinconia che non riusciva a scacciare, erano andate a ballare in un locale di Angel e lei senza riuscire a muoversi né a parlare con nessuno, in testa le parole come mulinelli, il panorama scheletrico del mondo e quello suo, l'affitto da pagare e la tesi da finire, non avere mai un sorriso che resista e le persone morte in mare, le donne uccise, chi governa l'Italia da vent'anni, è tutto assurdo e sconcio. Cantava tú no tienes la culpa mi amor que el mundo sea tan feo.

Quando torna Agata cenano e guardano *Il favoloso mondo di Amélie* che dànno alla televisione. Dora l'aveva visto la prima volta a Barcellona, una domenica sera dopo che lei e Ana erano tornate da una gita al Montserrat, dove erano andate a trovare degli amici che vivevano in una grotta e avevano dormito lí con loro, accanto ai cani. Quella volta era Ana a soffrire, era stata lasciata all'improvviso e Montserrat con la sua magia un po' le aveva fatto bene.

Il problema di *Amélie* era il finale, che faceva arrabbiare Dora perché era felice, mentre Agata lo amava, ma quella sera l'aveva fatta piangere. – Vi state sentendo tu e Gianluca? – e Agata dice che sí, si sono scambiati qualche mail, però non sa e non capisce ancora lui che cosa vuole. Dora dice: – Dagli tempo –. Agata dice: – Non è che se lo merita –. A Dora viene da pensare che o nessuno si merita niente o tutti ci meritiamo tutto.

Di te, per esempio, Agata me l'ha ripetuto mille volte, non ti merita, e io non ho mai capito bene cosa vuole dire. Chissà che fine hai fatto, e se ti sei innamorato, se sei tornato con la tua vecchia fidanzata, che non ne abbiamo mai parlato ma io in fondo lo sapevo dall'inizio che, da qualche parte, c'è sempre stata un'altra donna, l'ho sognata molte volte, fra le infinite volte in cui ho sognato te, in cui mi sono chiesta che senso avesse questo pensare ai sogni, se poi tanto non li sappiamo interpretare.

36.

Mentre Dora, la mattina dopo, va a prendere Matteo all'aeroporto, Agata rimane a mandare un po' di mail, qualcuna di lavoro e una ad Amelia. Ha voglia di scrivere anche a Gianluca ma alla fine non lo fa, è cosí difficile capire quale sia la cosa migliore da fare, migliore per cosa? Dopo aver pianto tutto il pianto, quando si sono lasciati, l'aveva per un po' allontanato dai pensieri, ma adesso torna, torna il ricordo del primo anno che sono stati insieme, dei baci sugli scalini del duomo a primavera, fra gli scrillítti delle rondini e i loro voli che scendevano in picchiata sul rosso immobile dei tetti e lei respirava, pensava maggio è tutto cosí bello a maggio e quanti maggio già nella pianura. Se la domenica andavano a fare un giro sulle colline le vedevano ricoperte di ginestre. Quando iniziava ad arrivare l'estate se ne andavano a prendere il sole a Bereguardo, al ponte delle barche, o al Vul, il parchetto sul Ticino, e per Agata era strano vedere le persone in costume come al mare, gli ombrelloni e le creme, per stare poi su un prato senza potere neanche fare il bagno. Una volta sono andati piú lontano, fra le colline in un punto in cui il Trebbia diventava stretto e formava pozze di acqua cristallina, è stato un godimento tuffarcisi e sentire l'acqua fredda addosso, e poi prendersi i baci caldi sotto il sole. Adesso pensa soprattutto a quello che è rimasto in sospeso, i film che volevano guardare, i viaggi che volevano fare. Pensa a Parigi, al fine settimana che ci hanno passato, l'appartamento dell'amico che li ha ospitati a La Villette, il materasso steso a terra su cui hanno dormito e c'era un freddo micidiale, il bistrot in cui hanno cenato una sera, in un vicolo coperto accanto alla Maison de la Poésie, il vino rosso bevuto e tutti i progetti per andarci un giorno ad abitare, in una strada di Belleville o del Marais.

Adesso le sembra che alla fine, in amore, sia impossibile e anche sciocco giudicare, tutti noi agiamo sulla base di pensieri ed emozioni che a volte neanche ricordiamo, siamo tutti vittime e colpevoli. E la cosa piú difficile del mondo è capire se è il caso di lasciarsi, e quando. Continua a pensare mentre inizia a cucinare, è contenta di farlo e ci mette del tempo, pensa è domenica e arriva Matteo e abbiamo tutti bisogno di coccolarci, cosí frigge le melanzane mentre cuoce il sugo, le mette nel forno quando già li sente arrivare.

Dora e Matteo entrano in casa con un rumore di valigie trascinate, voci e risate. Abbracci e prese in giro e scherzi su come siamo messi: una ragazza madre, una sradicata senza amore e un malato terminale, «oh Matte', terminale, e già sei poco esagerato».

La parmigiana finisce in fretta e loro stanno a tavola a lungo, in un lungo dopopranzo, la sobremesa, pensa Dora, mentre chiude una canna e la passa a Matteo.

– Minca, comunque io a Cagliari non so mai dove trovarla, tu sei l'ultima arrivata, come cazzo hai fatto?

– Comunque devi chiedere al tuo amico dottore se la puoi fumare.

– È a scopo terapeutico.

– A parte che non hai nemmeno iniziato la chemio ancora, comunque devi scoprire se la puoi fumare o se ti devi fare tipo delle tisane.

– Non si chiama chemio, è una parola degli anni Novanta, si chiama terapia antitumorale e il tumore si chiama neoplasia.

– Va bene, terapia antitumorale, neoplasia, ma chiedi questa cosa al medico.

– Vieni con me in ospedale domani?

– Certo che vengo, viene anche Agata che poi la accompagniamo a fare il tracciato, ho chiesto un giorno libero al lavoro.

Agata intanto si addormenta sul divano, e Dora inizia a chiedere a Matteo di Valentina, Matteo inizia a chiedermi di te. Gli dico che non ci sto pensando piú, che ho voglia adesso di cose concrete e vere e non dormo piú abbracciata ai tuoi fantasmi, che ho smesso con questa cosa stupida di credere ai segnali. Come le volte in cui ci siamo incontrati per caso nelle città: in un locale, a Girona, verso le sette di sera di una domenica di inizio estate; sull'autobus, a Barcellona, alla stessa ora di un lunedí pomeriggio piú o meno due mesi dopo, la mia ultima primavera lí, ovvero pochi mesi fa.

Barcellona profumava di tiglio, le strade erano ricoperte dai fiori gialli delle acacie e assieme ai tuoi amici siamo andati a pranzo sulla costa, ma nessuno conosceva un posto buono e siamo finiti in un ristorante triste, davanti a un distributore di benzina, in mezzo alle campagne già fiorite.

Abbiamo parlato dei nostri genitori e io anche dei cani. Abbiamo fatto sesso con fatica, perché è difficile trovare un modo di incontrarsi che non sia scopare o fare l'amore. Io ti ho detto avevo molta voglia di scopare con te: non era quello che avrei dovuto, voluto, dirti. Sono tornata a casa cantando parlami d'amore nonostante la stagione che verrà.

Racconto a Matteo che non credo piú ai segnali perché mentono, perché poi tutto è finito con una telefonata, quella in cui ti ho chiesto di venire a trovarmi, e tu mi hai detto di no, mi hai detto: «Io non ho niente da darti né niente da chiederti, niente da condividere». Gli racconto di quando ci siamo incontrati poi per caso, pochi giorni dopo, dal tabaccaio, e io ho sentito la tua voce e ho pensato che di nuovo eri venuto a Barcellona e io neanche lo sapevo, e avrei voluto afferrarti per le caviglie e per i piedi, non lasciarti andare mai.

Gli racconto del mio pianto, che era quello del bambino a cui fugge il pallone tra le case.

37.

Quando Agata si sveglia il pomeriggio è già finito e Dora e Matteo non ci sono, sul telefono legge i loro messaggi, dicono che sono usciti a passeggiare.

Agata e Matteo non si vedevano da piú di un anno, da quella giornata dell'incendio a Coaquaddus, non si sentivano quasi mai, ogni tanto guardavano i post l'uno dell'altra su facebook. Era un'amicizia soprattutto riflessa attraverso Dora, ma si piacevano, nonostante Agata pensasse che Matteo fosse troppo cinico e Matteo che Agata fosse un po' rigida e noiosa.

Per qualche anno, quando Matteo andava spesso a Pavia per la tesi, si erano frequentati di piú, qualche volta Agata era andata assieme a Dora a trovarlo a Bologna. Ricorda una volta in cui avevano preso un treno all'improvviso ed erano partite alle undici di notte, era inverno e alla stazione c'erano solo prostitute e magrebini e all'inizio si era spaventata un po', poi una di quelle donne aveva iniziato a cantare qualcosa che sembrava un blues e l'aveva fatta emozionare, uno di quei ragazzi aveva chiesto una sigaretta a Dora, avevano parlato un po' e a lei era piaciuto il suo sorriso. Era stato un viaggio lungo, con la Freccia del Sud, sedute sulle borse nel corridoio strette tra famiglie e studenti che tornano per le vacanze. Ricorda due bambini addormentati sul sedile, la pioggia fuori, il vapore sui vetri, le voci pugliesi, slave, i discorsi sui ritardi dei treni, sul governo.

Quella notte erano arrivate a piedi da Matteo e solo quando mancavano due isolati Dora le aveva detto: «Senti Agata mi è arrivato il messaggio di uno che ha un biglietto in piú per il concerto dei Sonic Youth, non ti scoccia vero se ci vado?» «Ma quando?» aveva chiesto Agata. «Stasera», aveva risposto lei. Era stata la prima volta che Agata si era arrabbiata con Dora. La sera poi Matteo le aveva fatto compagnia, calmato il suo fastidio e difeso l'amica comune, lo sai, è fatta cosí. Dora era tornata all'alba e li aveva trovati addormentati sul divano, li aveva svegliati piena di entusiasmo, per Thurston Moore e Kim Gordon e l'atmosfera che c'era e l'energia che mandava il gruppo, aveva anche incontrato dei tipi di Ussaramanna che erano venuti apposta per il concerto, facendosi un giorno intero di viaggio con la nave e con i treni, il vino nelle borse. Ed era piena anche di sdegno per questo tipo con cui poi aveva scopato e dopo lui le aveva chiesto di andarsene, «scusa ma la colazione per me è una cosa troppo intima, il cretino, non mi ha neanche accompagnata per non tirare fuori il Suv dal garage».

Ora Agata è contenta che Matteo sia andato a vivere con loro, lo scrive a sua cugina Maria Chiara con cui sta chattando, le scrive che deve al piú presto andarli a trovare.

38.

Quando Dora di mattina si alza per andare al lavoro trova il caffè pronto e fa colazione con Agata. A pranzo cucina Matteo, cosí lei ha il tempo anche di riposarsi un po' prima di tornare all'associazione. La sera li trova che mangiano il gelato in piazzetta.

Agata sistema la macchina fotografica su una fioriera, fanno tutti e tre la faccia seria e si fanno una foto con l'autoscatto. Agata dice: – Queste saranno le foto di famiglia che mio figlio vedrà appese in soggiorno, io dirò guarda: qui ero nella piazzetta davanti alla casa di Cagliari con zia Dora e zio Matteo, pochi giorni prima che nascessi tu.

– Ma quando nasce questo bambino?

– Oia lascia stare, non ce la faccio piú, almeno non c'è piú quel caldo soffocante.

– Non era un caldo soffocante, era un caldo bellissimo.

– Come farai poi con il lavoro, dopo quanti mesi devi rientrare?

– Chiederò anche la maternità facoltativa, e poi vedo, finché posso resto qui.

– Comunque tutte le ragazze sarde tornano a partorire in Sardegna, che fissazione avete?

– E tu e Vale non lo fate un figlio?

– Aiò Matte', fatelo, ne faccio uno anche io e li cresciamo tutti assieme.

– Li educhiamo secondo i principî dell'uomo migliore.

– L'uomo migliore?

– Eia, abbiamo una teoria sull'educazione del maschio, che deve imparare a vivere la fine della propria egemonia.

– E pensate di averla inventata voi questa cosa?

– Chi se ne frega, noi la metteremo in pratica.

– Gli insegneremo a piangere. A giocare con le bambole. A vestirsi dei colori che gli piacciono. A parlare dei propri sentimenti.

– Mi sono già annoiato.

– Vedrai quando nasce.

Rientrano quando si fa buio e mentre cenano inizia a piovere, non smette fino a che vanno a dormire.

La mattina ricomincia, il cielo visto dal balconcino è grigio, compatto.

Agata prepara il tè e la caffettiera per Dora e Matteo, manda un messaggio a Gianluca. Dora si sveglia per ultima e convince Matteo a uscire nonostante la pioggia per andare a comprare il pesce al mercato. Sull'autobus Matteo si lamenta perché Dora non ha voluto prendere la macchina, quando poi entrano e respira l'odore del mare, camminando fra i banchi, polpi e gattucci, cozze e tonni, il ghiaccio, i coltelli, le voci, si sente di colpo contento.

Dora lo insegue fra le donne con le buste in mano e gli uomini con i bambini in braccio e intanto gli parla del nuovo lavoro. Quando escono ha smesso di piovere, alla fermata Dora dice: – A volte mi chiedo quand'è che siamo passati da giovani brillanti a adulti con un curriculum non piú competitivo.

– Forse si tratta solo di accettare il nostro tempo.

– Come avessimo intorno macerie e tutto da ricostruire.

Mentre cucina, Matteo aggiorna Dora sulla sua situazione a scuola, le dice che in fondo non gli dispiace, gli permette di non mollare del tutto l'università.

– Non siamo fatti per il posto fisso, non è solo una questione di crisi, non ce la facciamo a vivere come hanno fatto i nostri genitori: lo stesso lavoro per tutta la vita, lo stesso marito per tutta la vita.

– Ma i tuoi genitori litigano?

– Continuamente. E i tuoi?

– Sempre. Eppure non possono stare lontani piú di un giorno.

In quel momento Agata dal soggiorno grida che sta per nascere, lo sente. Dora e Matteo si guardano senza sapere bene cosa fare, Dora chiede: – Sei sicura? – Agata dice: – Corri a prendere la macchina –. In ospedale le fanno il tracciato e la rimandano a casa, dove tornano stanchi e divertiti, Dora dice: – Speriamo che aspetti ancora qualche giorno, cosí nasce Sagittario.

– Ma sei scema?

– Guarda che è figo il Sagittario, è forza, intelligenza e allegria.

– Vabbe' lasciamo stare. Buona notte.

39.

Domenica pomeriggio sono tutti e tre in soggiorno, ognuno con il suo portatile: Matteo guarda una serie, Agata scarica le foto, Dora chatta su facebook con Ana. Fino a che, dalla strada, le arriva il suono di un berimbau. Si alza e si affaccia al balcone, non vede nessuno ma sente, assieme alla musica, il coro, Berimbau chamou eu vou jogar, berimbau tocou, berimbau mandou. Va in camera a cambiarsi, il berimbau chiama, il berimbau suona, il berimbau comanda, dice agli altri: – Ci dev'essere una roda qui vicino, ci vado –. Matteo dice: – Ancora questa capoeira? – Tu ancora a rompermi le balle? – Dài che poi ti raggiungiamo –. Agata e Matteo sanno che una roda può durare ore, possono arrivare con calma. Mentre scende le scale Dora pensa che nessuno dei due l'ha mai vista giocare. È emozionata, mentre cammina seguendo la musica, respira in levare, o que é berimbau? a cabaça, arame e um pedaço de pau, un pezzo di legno, una zucca e un filo di ferro, se chiama devi andare, Dora lo cerca e lo trova in piazza San Sepolcro, questo strumento antico che detta il ritmo e i giochi. La roda è piccola, una decina di persone comprese quelle che suonano, una roda per strada con pochi strumenti, il coro è comunque potente. Dora si avvicina, chiede con lo sguardo alla ragazza che sta suonando il berimbau gunga il permesso di entrare nel cerchio. Guarda i due che stanno giocando in quel momento, osserva le loro mosse, il loro stile, il loro dialogo. Na beira do mar, na beira do mar, na areia, capoeira eu vou jogar. Dora non sa spiegarsi perché da quando è a Cagliari non ha cercato i capoeristi, eppure sa chi sono e dove si allenano, ora li guarda con gioia e gratitudine. Quando vede che hanno giocato tutti almeno una volta si avvicina agli strumenti, si abbassa ai piedi del berimbau, e entra. Fa una aú sul braccio sinistro, che è quello su cui le viene meglio, una ruota con le gambe tese da cui torna in ginga e può guardare meglio il suo compagno: è grosso ma agile, prima osservandolo ha apprezzato il suo gioco. Il gioco è colpire e schivare, sorprendere e lasciarsi sorprendere, cadere, rialzarsi. Ogni movimento è una domanda, il successivo una risposta. Un calcio una schiva un altro calcio, senza bisogno di colpire, una gamba che ne trascina un'altra, si vola e si cade, e gli altri cantano e il berimbau suona. Nel gioco Dora è veloce e precisa, sa che la tecnica sostituisce la forza, il piede sfiora due volte la testa di lui con una meia lua e con un martelo, una volta viene bloccata in una presa ma riesce a saltare lontano e si rialza direttamente in verticale e in quel momento sono Carolina con il corpo come un giunco, e sono esausta quando finisce il gioco e torno a fare il cerchio assieme agli altri, a cantare con la voce spezzata dal fiatone, e sento i muscoli uno a uno, e la pelle e le vene, i polmoni e il cuore, le tempie, mi riempiono la testa con la musica e i ritornelli da ripetere, sono tutta qui, adesso, in questa roda.

Ha già giocato varie volte quando vede Matteo e Agata sui gradini della chiesa, sa che la prendono un po' in giro, è felice che siano lí.

Quando la roda finisce, adeus adeus, boa viagem, eo vou embora, Dora si avvicina agli altri, si presenta, chiede dove si allenano e quando, chiede se qualche volta ci può andare.

Poi si siede tra Agata e Matteo e lui le dice: – Ti ho visto cosí morbida soltanto sotto le lenzuola.

– Non pensavo di essere una persona rigida.

– Non dite queste cose che non mi interessano, mi sembra un incesto.

– Non essere ridicola.

– Andiamo a mangiare una pizza.

Camminano verso piazza San Domenico mentre Dora ha ancora in testa adeus povo bom adeus, adeus eu ja vou me embora, pelas ondas do mar eu vim, pelas ondas do mar eu vou me embora, un canto di addio malinconico, dalle onde del mare sono arrivato e dalle onde del mare vado via, ma la malinconia non trova spazio questa sera, in questa città che dal mare è circondata, e lei è circondata dagli amici.

40.

Verso la fine di novembre la pioggia, in Sardegna, diventa feroce e crea torrenti che si portano dietro strade, alberi, macchine e persone. L'associazione per cui lavora Dora, come tante altre, organizza raccolte di vestiti e coperte da portare agli alluvionati, sono giorni veloci di cose da fare e pensieri su quello che accade, Dora fa un sogno in cui una voce al megafono urla «ricostruzione» all'infinito, pensa sono Elisa che lavora con i rifugiati, sono Alice che fa la psicologa in un centro per le donne immigrate, sono Claudio che lavora con i Rom. Sono loro i gesti, loro le mani mentre piegano i vestiti, loro le voci e la fatica.

In fondo questo siamo: grovigli di vite che si incrociano e si intrecciano, si mischiano assieme alle città, i mari, i cani e tutto il resto. Ho scritte sul corpo le tracce di tutte le persone che ho conosciuto, cosí come in tutte loro c'è un pezzetto di me e di tutte le altre che hanno conosciuto, delle città e le case che abbiamo abitato. Le rughe del mio viso non sono soltanto le mie, sono le stesse di mia madre e di mio padre, di Agata che cura i bambini e di Matteo che prepara le lezioni; le mie mani sono anche le mani dell'oncologo che ha in cura Matteo e dell'infermiere che lo aiuta, sono di Ivana che fa il tecnico del suono e di Daniel che fa il manovale e l'imbianchino, l'idraulico o l'elettricista, a seconda del bisogno. Sono le mani di tutti noi che ci arrangiamo, in queste piattaforme traballanti su cui passiamo l'esistenza, o meglio, come si dice in spagnolo, nos buscamos la vida, che è una forma piú bella per dirlo, ci cerchiamo la vita, e infatti è cosí: la vita te la devi andare a cercare.

Anche con Agata e Matteo discutono dell'alluvione, se è il cambio climatico o se è sempre stato cosí, se è l'uomo o la natura, i mari e i fiumi.

Matteo fra qualche giorno inizierà la terapia, ma adesso si sente forte e anche sereno, rassicura Dora sul fatto che verrà anche Valentina, e comunque ci sono sempre i suoi, non dovrà occuparsi lei di tutto. E in effetti certe volte la sfianca, occuparsi lei di tutto, senza che nessuno le accarezzi la schiena poi, la notte, prima di dormire.

Ad Agata da giorni sembra che la sua pancia stia per scoppiare, pensa a come fa bene la natura a farti arrivare a questo punto, cosí smetti di pensare al dolore del parto e vuoi solo che arrivi quel momento. Le fa bene camminare un po' ogni giorno, cosí quando Dora torna dal lavoro li chiama dalla strada e escono tutti e tre a passeggiare verso il porto, verso Stampace o Villanova, con l'ascensore salgono al Bastione.

Una sera verso le sette, la piazza e le sue palme deserte e lucide di pioggia caduta da poco, si affacciano al parapetto a guardare il golfo, ognuno con in testa i suoi pensieri, la sua speranza di arrivare in volo fino al mare, la paura di annegarci.

Sopra di loro uno stormo di fenicotteri, Dora dice: – Migrano, – ma Matteo dice: – No, non migrano, i fenicotteri di Cagliari, vanno da uno stagno all'altro ma non piú lontano, uccelli migratori diventati stanziali, si vede che si sono trovati bene –. Le spiega anche che in sardo si chiamano sa genti arrubia, la gente rossa, chissà se proprio perché prima arrivavano da lontano, erano stràngiusu, stranieri, o per una specie di rispetto per questi animali cosí eleganti e belli.

– Magari facciamo come loro, che ci troviamo bene e rimaniamo qui.

– A mio figlio potrò dire che l'ha portato un fenicottero, anzi che la cicogna.

Matteo le chiede come lo chiamerà allora questo bambino e partono con il gioco dei nomi, Matteo dice: – Chiamalo come tuo padre –. Dora dice: – No, ci vuole un nome nuovo. – Allora chiamalo con il nome del primo che passa –. Passa un ragazzino con la testa nel cappelletto e le mani nelle tasche del giaccone, Matteo gli urla: – Scusa, come ti chiami? – Lui non sente e non si gira, non risponde, dopo pochi passi inciampa. Si mettono a ridere, tutti e tre, mentre quello fa finta di niente e si alza, mentre la luna sottile si fa accesa e i fenicotteri volano sulla città bianca, sulle vite nostre e su quelle di tutti.

Le canzoni che ascoltano Agata, Dora e Matteo

24 Grana, *Vesto sempre uguale*, in *Metaversus*.
883, *Come mai*, in *Nord Sud Ovest Est*.
99 Posse, *Curre curre guagliò*, in *Curre curre guagliò*.
Africa Unite, *Nella mia città*, in *In diretta dal sole*.
Afterhours, *Oceano di gomma*, in *Non è per sempre*.
Alborosie, *Kingston Town*, in *Escape from Babylon to the Kingdom of Zion*.
Almamegretta, *Sanacore*, in *Sanacore*.
Amy Winehouse, *You Know I'm No Good*, in *Back to Black*.
Antônio Carlos Jobim, *Chega de saudade*.
Articolo 31, *Domani*, in *Cosí com'è*.
Azealia Banks, *212* (feat. Lazy Jay), in *1991*.
Baustelle, *La morte (non esiste piú)*, *Nessuno*, in *Fantasma*; *L'ultima notte felice del mondo*, in *I mistici dell'Occidente*.
Belle and Sebastian, *Another Sunny Day*, in *The Life Pursuit*.
Bob Marley, *Time Will Tell*, in *Kaya*.
Caetano Veloso, *Triste Bahia*, in *Transa*.
CCCP, *Amandoti*, in *Epica Etica Etnica Pathos*; *Curami*, in *Affinità-divergenze fra il compagno Togliatti e noi*.
Camarón de la Isla, *Yo vivo enamorao*, in *Calle real*.
Carmen Consoli, *Amore di plastica*, in *Due parole*.
Chavera Vargas, *Luz de luna*, in *Para perder la cabeza, Vol. II*.
Cristina Donà, *Ho sempre me*, in *Tregua*; *Torno a casa a piedi*, in *Miracoli*.
Dente, *Al Manakh*, in *Almanacco del giorno prima*; *Buon appetito*, *La piú grande che ci sia*, in *L'amore non è bello*.
Einstürzende Neubauten, *Die Befindlichkeit des Landes*, in *Silence is Sexy*.
El Bicho, *Zapatillas*, in *El Bicho II*.
Elis Regina & Antônio Carlos Jobim, *Águas de março*, in *Elis & Tom*.
Eros Ramazzotti, *Adesso tu*, in *Nuovi eroi*.

Estopa, *Bossanova*, in *Estopa*.
Fabrizio De André, *Coda di lupo*, in *Rimini*.
Francesco Guccini, *Canzone delle osterie di fuori porta*, in *Stanze di vita quotidiana*.
Franco Battiato, *E ti vengo a cercare*, in *Giubbe Rosse*.
Gabriella Ferri, *Si no me moro*, in *Il meglio di Gabriella Ferri*.
Gianna Nannini, *Voglio fare l'amore*, in *Malafemmina*.
Gian Maria Testa, *Le donne nelle stazioni*, in *Montgolfières*.
Gilberto Gil & Jorge Ben, *Nêga*, in *Gil & Jorge*.
Giovanni Allevi, *Panic*, in *Joy*.
Giuni Russo, *Alghero*, in *Alghero*.
Giusy Ferreri, *Non ti scordar mai di me*.
Gotam Project, *Amor porteño*, in *Lunático*.
Guns N' Roses, *Don't Cry*, in *Use Your Illusion*.
Il Teatro degli Orrori, *Compagna Teresa*, in *Dell'impero delle tenebre*.
Joan Manuel Serrat, *Mediterráneo*, in *Mediterráneo*.
Jovanotti, *Luna di città d'agosto*, in *L'albero*.
Kenze Neke, *Entula*, in *Liberos, rispettatos, uguales*.
Kiko Veneno, *Memphis Blues*, in *Puro Veneno*.
Laura Pausini, *La solitudine*, in *Laura Pausini*.
Le luci della centrale elettrica, *Lacrimogeni*, in *Canzoni da spiaggia deturpata*; *I destini generali*, in *Costellazioni*.
Lhasa, *El árbol del olvido*, in *La Llorona*.
Litfiba, *Proibito*, in *El diablo*.
Los Fabulosos Cadillacs, *El matador*, in *Vasos vacíos*.
Luca Carboni, *Primavera*, in *Persone silenziose*.
Lucio Battisti, *Vendo casa*, in *Le avventure di Battisti e Mogol*.
Lucio Dalla, *Disperato erotico stomp*, in *Canzoni*.
Macaco, *Arma 2 filo*, in *Rumbo submarino*.
Madonna, *Like a Prayer*, in *Like a Prayer*.
Mano Negra, *Mala vida*, in *Patchanka*.
Manu Chao, *Clandestino*, *Lágrimas de oro*, in *Clandestino*.
Marisa Monte e Carlinhos Brown, *Vide gal*.
Marlene Kuntz, *Lieve*, in *Catartica*; *Ape regina*, in *Il vile*.
Massimo Volume, *Avevi ragione*, in *Club privé*.
Massive Attack, *Angel*, in *Mezzanine*.

Modena City Ramblers, *Il ballo di Aureliano*, in *Terra e libertà*.
Nada, *Amore disperato* (nella versione dei Super B).
Nick Cave & The Bad Seeds, *As I Sat Sadly By Her Side*, in *No More Shall We Part*.
Nico, *Little Sister*, in *Chelsea Girl*.
Nirvana, *All Apologies*, in *Mtv Unplugged in New York*.
Ojos de Brujo, *Ná en la nevera*, in *Vengue*.
P. J. Harvey, *C'mon Billy*, in *To Bring You My Love*.
Pascal Comelade, *Love Too Soon*, in *L'argot du bruit*.
Patti Smith, *Because the Night*, in *Easter*.
Patty Pravo, *Pensiero stupendo*, in *Miss Italia*.
Paolo Fresu, *Mare Nostrum*, in *Mare Nostrum*.
Paulo César Pinheiro, *Nomes de favela*, in *O lamento do samba*.
Ratapignata, *Abberi sa fentana*, in *Sighi sighi*.
Rino Gaetano, *Tu, forse non essenzialmente tu*.
Sangtraït, *El vol de l'home ocell*, in *Els senyors de les pedres*.
Sikitikis, *Voglio dormire con te*, in *Dischi fuori moda*.
Ska-P, *El vals del obrero*, in *El vals del obrero*.
Sonic Youth, *Sugar Kane*, in *Dirty*; *Cotton Crown*, in *Sister*.
Sopa de Cabra, *Si et quedes amb mi*.
The Velvet Underground & Nico, *Run Run Run*, in *The Velvet Underground & Nico*.
The Zen Circus, *Vent'anni*, in *Villa Inferno*.
Tiziano Ferro, *Rosso relativo*, in *Rosso relativo*.
Totó la Momposina, *Yo me llamo Cumbia*.
Tre Allegri Ragazzi Morti, *Catena*, in *Mostri e normali*.
Vasco Rossi, *Anima fragile*, in *Colpa d'Alfredo*.
Vinicio Capossela, *Scivola vai via*, in *All'una e trentacinque circa*; *Con una rosa*, in *L'indispensabile*.
Violeta Parra, *Run Run se fue pa'l norte*, in *Las últimas composiciones de Violeta Parra*.
Zenet, *En el mismo lado de la cama*, in *Los mares de China*.

Nota e ringraziamenti.

I versi a p. 3 sono tratti da W. Szymborska, *Scorcio di secolo*, in *Gente sul ponte*, a cura di P. Marchesani, Libri Scheiwiller, Milano 2009.

I versi alle pp. 51-52 sono tratti da G. Caproni, *Litania*, in *Tutte le poesie*, © 1983 Garzanti Srl, per gentile concessione di Attilio Mauro Caproni e Silvana Caproni.

I versi a p. 129 sono tratti da M. Benedetti, *A la izquierda del roble*, in *El amor, las mujeres y la vida*, Alfaguara, México D.F., 1996.

La citazione a p. 141 è tratta da G. Sapienza, *Ancestrale*, La Vita Felice, Milano 2013.

Il verso a p. 141 è tratto da E. Montale, *Felicità raggiunta*, in *Ossi di seppia*, © 1948 Arnoldo Mondadori S.p.A., per gentile concessione dell'Erede e dell'Editore.

Ringrazio Severino e Roberto.

Mia madre Raffaela e mio padre Aurelio, mio fratello Flavio, sua figlia Anita, Carla Bacchiddu.

Martina Pani, Elisa Careri, Alice Cubeddu, Glòria Roqué, Donatella Cabras, Sara Sanzi, Roberto Vetrugno, Veronica Teramo, Emanuele Riga, Daniele Miglio, Alberto Urgu, Giovanni Peresson, Enzo Rammairone, Alessandro Mazzarelli, Luisa Altobelli, Alice Rohrwacher, Andrea Di Carlo, Matteo Soddu, Antonella Chessa, Giulio Angioni, Viola Brusco, Claudia Lampis, Giuseppe Rizzo, Paolo Pisanu, Marino Sinibaldi, Ivana Marrone, Geppi Cucciari, Claudia Cuncu, Gianluca Vassallo, Antonio Marras, Patrizia Sardo, Luciano Marrocu, Christian Raimo, Claudio Morici, Emiliano Ponzi, Giuseppe Solinas.

Giulia e Giuliano, mestre Rogerio, Grilo e tutte le capoeriste e i capoeristi con cui ho condiviso allenamenti e rode.

Gli amici di *Giufà*, quelli di *Tuba*, di Scup, del *Sottovento*, quelli dei giorni in Sardegna; Le Ragazze Terribili e tutti quelli che lavorano per il festival Sulla Terra Leggeri, Amref Italia, il Forte Prenestino, la Palestra Popolare di San Lorenzo, il Time in Jazz, il Collegio Nuovo.

Le mie zie e i miei zii, le mie cugine, i miei cugini e i loro figli.
Le persone con cui ho condiviso le case.
Francesco Atzori e Roberta Irnerio, Antoni Canu, Max Bocchiola, Francesco Cebrelli e la zia di Matteo B. Bianchi.
Tutti gli artisti di cui ho citato i versi.
Infine, grazie a Carolina Cutolo: lei sa perché.

Indice

La stagione che verrà